栃木孝惟
谷口耕一
編

校訂 延慶本平家物語 (一)

汲古書院

校訂延慶本平家物語㈠　目次

凡　例……㈡
系　図……三
巻一目録……一七
本　文……一九
延慶本巻一　年表……一五一
解　説……一六三

凡　例

1　本書は大東急記念文庫蔵「応永書写　延慶本平家物語」全十二冊を底本として、なるべく読みやすく、かつ本文の原形を残すように翻刻した。

2　異体字は通行の字体に直し、新字体を採用した。五ページに異体字一覧を付した。

3　明らかな誤字・脱字・衍字等は訂正し、頭注にその旨を記した。底本自体が本文を訂正している場合は、訂正された本文を採用し、頭注でその旨を記す。

4　底本が本文に傍書、もしくは傍書補入している場合は、頭注に指摘した。

5　底本に設けられている、敬意を示す一字あきはそのまま残した。

6　濁点、句読点、「　」は校訂者が付した。

7　度々使用される当字はそのまま翻字し、六ページに一覧を掲げた。

8　底本にある振り仮名は、朱で記されているものも含めて、片仮名で翻刻した。

9　平仮名の振り仮名は、校訂者が加えたものである。底本には稀に平仮名の振り仮名があるが、それらは片仮名に直した上で頭注にその旨を断った。

10　底本は漢文訓読的な表記を多分に残す漢字片仮名交じりであるので、次のような操作を加えて、読みやすくした。

①引用や文書類の掲出など、長文の漢文については本文には返り点を付し、本文のあとに書き下し文（漢字平仮名交じり）を添えた。

②地の文の中にある反読表記については、校訂者が返り点を付し、また難読個所には振り仮名をつけるようにした。

〈例〉可レ被二禁獄一　豈夫《あにそれ》可レ然《しかるべけんや》哉

③訓点は現在の学校教育に用いられている方式で統一した。

11　底本は、漢文訓読の送り仮名にあたる活用語尾や助詞、漢字の捨て仮名、振り仮名などを他の片仮名と区別して小さな字体で書く場合（いわゆる宣命書きに似た方式）が多い。しかし、その大小の使い分けは、書写上の条件とも関係しているらしく、翻刻に際して原状を完全に再現することは不可能に近い。そこで本書では以下のような原則によって処理した。なお原状を参照する必要のある向きは、影印本によられたい。

①捨て仮名は小字（8ポイント）とする。

②凡例10－②の返り点を付した場合、送り仮名は小字（8ポイント）とする。

〈例〉近ク尋レ二我朝ヲ一者《ば》　不《ズ》レ従《シタガハ》

右の①②以外の片仮名は振り仮名を除き、すべて10ポイントとした。

12　底本には所々声点と思われる記号があるが、それらは本文の右側に下図のような番号を付し、頭注に表示した。

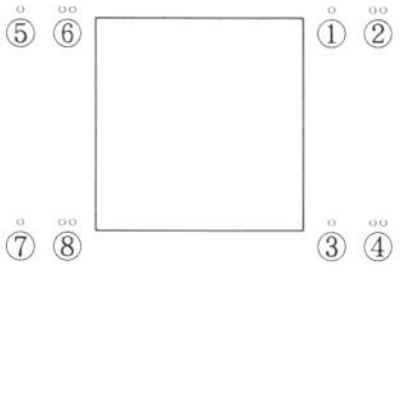

即ち①は文字の右上に点が一つある場合、②は点が二つある場合……ということを示す。

13　和歌・漢詩漢文・歌謡は二字下げに統一した。

14　一章段内での段落分けは校訂者による。

15　底本は各巻の目次に番号と章段名を掲げ、各章段の冒頭にあたる本文の行頭に番号を書き込んでいることが多い。本書は章段の冒頭部分に該当する頭注欄に、ゴチックで、番号と章段名を掲出して、見出しの代りとした。

16　底本は外題には「平家物語　一」とあるが内題は「平家物語第一本」とする。本巻では便宜上、「巻一」の表示を用いた。

17　頭注は原則として見開き二頁ごとに1、2、3……の番号を付して、左頁の端に掲出したが、その範囲内で章段が変る場合には、章段ごとに掲出することとした。

18　「御」「御坐」の訓みについては、「おはします」「おはす」両例が混在しており、本巻では確定できる場合にのみルビを付した。

19　脱落その他により解釈が困難な個所で、他の諸本が参考になる場合は、頭注にその本文を引用した。参照する諸本は以下の通りである。

長門本――『岡山大学本平家物語二十巻』福武書店刊（翻刻）
源平盛衰記――『源平盛衰記慶長古活字版』勉誠社刊（影印）
四部合戦状本――『四部合戦状本平家物語』大安刊（影印）
源平闘諍録――『内閣文庫蔵源平闘諍録』和泉書院刊（影印）

20　本書は、延慶本の正しい理解に役立てるために、広範な学問領域からの究明を可能にすべく公刊するものである。大学・大学院の演習や講読、輪読会のテキストなどに活用され、多数の、また多様な分野からの吟味が行なわれることを望んでいる。

21　本巻は、栃木孝惟、谷口耕一の共同作業によって作成した。校正、翻字点検、付録作成などには高山利弘・櫻井陽子・松尾葦江が協力した。

22　出版をお許し頂いた大東急記念文庫に、御礼を申し上げる。

本巻における異体字一覧（本文中で通行の字体に改めたもの）

○悪→悪　○菴→庵　○囗→囲　○异→異　○刅→引　○囙→因　○炬→烟　○菀→苑　○薗→園
○苬→園　○鷰→燕　○廷→侹　○哥・謌→歌　○恠→怪　○㝵→碍　○靏→鶴　○舘→館　○局→巻
○䡓→幹　○鑒→鑑　○鴈→鴈　○敨→欲　○嚚→器　○弃→棄　○樻→櫃　○義→議　○炎→灸
○亰→京　○胷→胸　○旌→強　○恐→恐　○叫・叩→叫　○迋→匡　○蕀→棘　○愁→愁　○區→区
○釼・劒→剣　○厷→弘　○切→功　○剛→剛　○刧→劫　○叩→叩　○ㄱ→コト　○座→座
○坐→坐　○冣→最　○灾→災　○賽→賽　○戈→歳　○煞→殺　○杦→杉　○忄忄→懺悔
○册胡→珊瑚　○帋→紙　○衹→祇　○尔→爾　○吏→事　○卌→四十　○〆→シテ　○尺→釈
○弱→弱　○熟→熟　○裝→装　○甞→嘗　○昇→昇　○偁→称　○兼→承　○羕→丞　○拯→掾
○軄→職　○寝→寝　○湏→須　○邃→邃　○莭→節　○舩→船　○蘓→蘇　○剏→創　○陁→陀
○躰→体　○苐→第　○酉酉→醍醐　○㢢→弾　○耻→恥　○秩→秩　○脹→張　○珎→珍　○趂→趁
○迋→庭　○吴→逞　○伍→低　○才→等　○迯→逃　○篤→篤　○㝎→突　○遁→遁　○内→南
○貳→弐　○苟→匂　○祢→禰　○埶→熱　○矢→涅槃　○筥→箱　○髮→髪　○緋→緋　○俻→備
○罕→畢　○稟→稟　○鬚→鬢　○眞→負　○冨→富　○苻→符　○閇→聞　○瓶→瓶　○閇→閉
○甸→匍　○貟→貌　○卄→菩薩　○卉→菩提　○广→摩・魔・磨　○姝→妹　○旀→弥　○務→務
○莾→莽　○嗽→癒　○虫→融　○署→腰　○嵐→嵐　○梛→柳　○厂→暦　○哢→弄　○牢→牢
○蜋→蜋

巻一に見られる主な当字（改めなかったもの）

○浅猿（浅まし）　○王子（皇子）　○儀形（儀刑）　○甲（剛）　○格勤（恪勤）　○金（鐘）
○加様（斯様）　○孔子（籤）　○潔済（潔斎）　○相撲（相模）　○猿体（さる体）　○猿程（さる程）
○重藤（重籐）　○兇咀（兇詛）　○摂禄・摂録（摂籙）　○雑士（雑仕）　○卒シテ（率シテ）
○大盤（台盤）　○大弟（太弟）　○詫宣（託宣）　○大宰大弐（太宰大弐）　○大政大臣（太政大臣）
○大刀（太刀）　○談義（談議）　○天王（天皇）　○時（鬨）　○塗籠藤（塗籠籐）　○幡磨（播磨）
○兵杖（兵仗）　○堀ル（掘ル）　○目出シ（目出度し）　○本鳥（髻）　○理崛（理窟）　○烈ス（列ス）
○狼籍（狼藉）

平家物語　一

二

平氏系図

- 桓武天皇（人皇五十代　光仁天皇第二子　柏原天皇ト申）
  - 葛原親王（一品式部卿　桓武第五皇子）
    - 高見王（無官無位）
      - 高望（始賜平姓　上総介）
        - 良望（鎮守府将軍）
          - 貞盛（同将軍）
        - 良将（鎮守府将軍）
          - 将門
        - 良憲（下総守）
        - 良繇（鎮守府将軍）
        - 良充（従五位　坂東平氏　先祖号　村岡五郎　大夫）

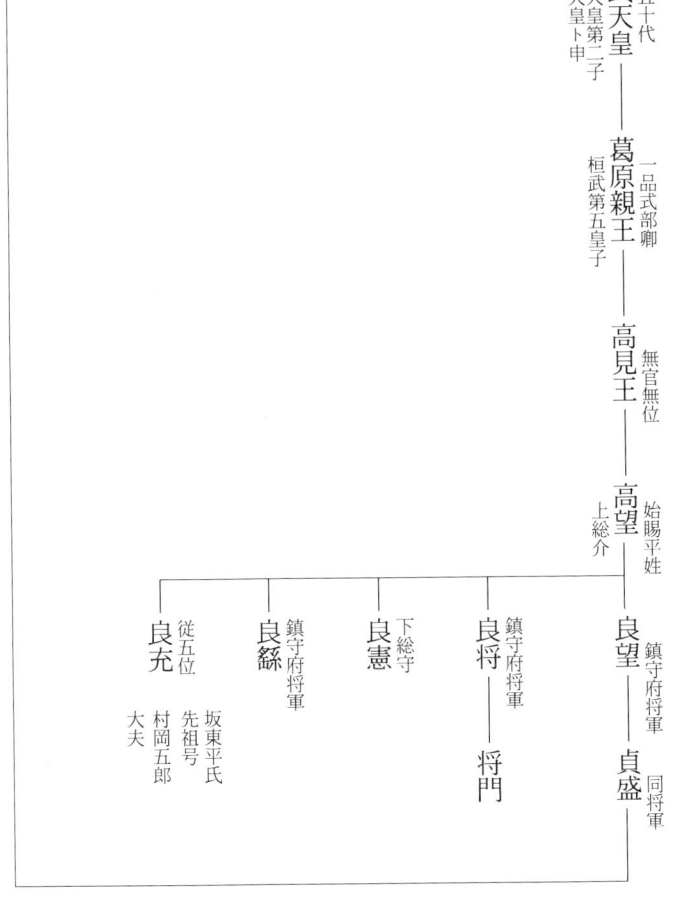

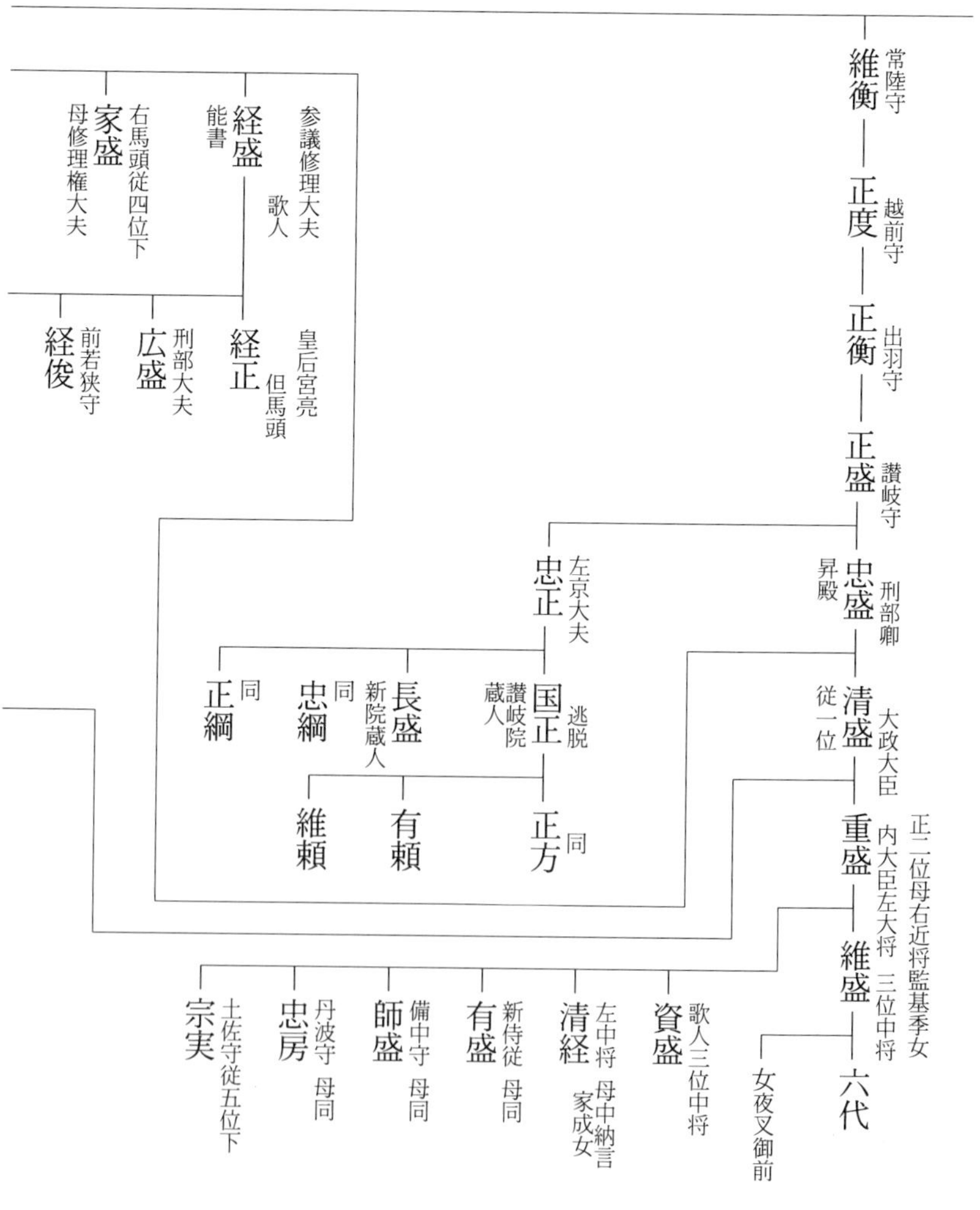

維衡 常陸守
正度 越前守
正衡 出羽守
正盛 讃岐守
忠盛 刑部卿 昇殿
清盛 大政大臣 従一位
重盛 正二位母右近将監基季女 内大臣左大将
維盛 三位中将
六代
女夜叉御前
資盛 歌人三位中将
清経 左中将 母中納言家成女
有盛 新侍従 母同
師盛 備中守 母同
忠房 丹波守 母同
宗実 土佐守従五位下
忠正 左京大夫
国正 逃脱 讃岐院蔵人
長盛 新院蔵人
忠綱 同
正綱 同
正方 同
有頼
維頼
経正 皇后宮亮 但馬頭
広盛 刑部大夫
経俊 前若狭守
経盛 参議修理大夫 歌人 能書
家盛 右馬頭従四位下 母修理権大夫

- 教盛　中納言従二位　母大宮権大夫家隆女
  - 通盛　従三位　母勘解由次官資宗女
  - 教経　正五位　能登守　母同
  - 業盛　蔵人大夫　母同
  - 忠快　山　法印　母同
  - 女子　母同左府範季室　修明門院母儀
- 敦盛　大夫

- 基盛　内蔵頭　従四下　母同
  - 行盛　左馬頭　正四下
- 宗盛　従一位内大臣右大将　母従三位時子
  - 清宗　右衛門督
  - 能宗
  - 宗視
- 知盛　中納言　三位中将　母二位
  - 知章　武蔵守
  - 知忠
  - 知宗

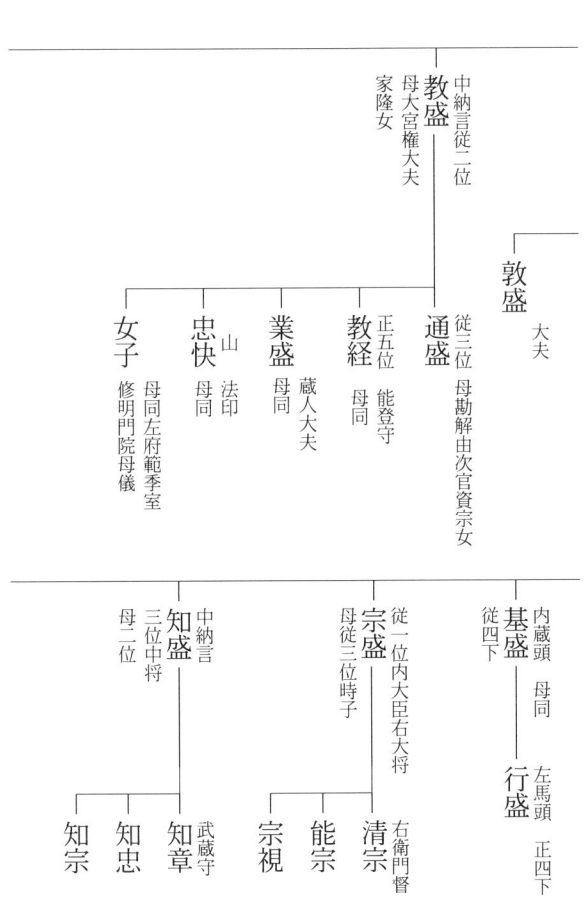

- 頼盛 大納言
  - 保盛 兵衛佐
    - 頼清 三位
    - 保教 内蔵頭
  - 光盛 三位
  - 為盛 兵衛佐
    - 俊盛 駿河守
  - 保業 河内守
    - 光慶《ノリ》 宮内大輔
  - 静遍 大僧都
  - 隆弁 法眼
- 忠度 薩摩守 母丹後守 藤為忠女
- 女 歌人
- 女
- 女

- 重衡 三位中将
- 知度 従五下 参河守
- 清房 淡路守 従五下
- 清方
- 維俊
- 女 花山門院左府室
- 女 建礼門院 安徳天皇 母儀
- 女 従三位准后 六条摂政殿北政所

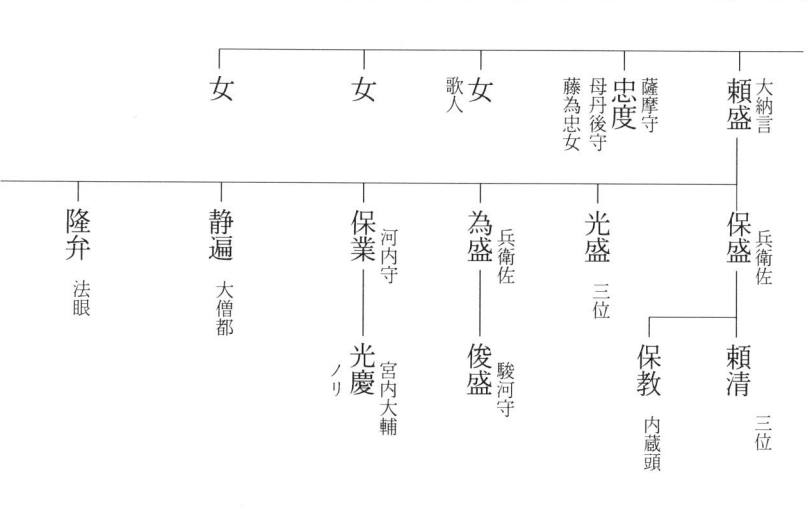

知重

仲盛　佐土守[1]

女　冷泉大納言隆房室

女　近衛殿北政所

女　七条修理大夫信隆室

女　後白河院参給

女　花山院左府女房　廊御方

維時　上総介　従四下 ― 直方　従五上　使 ― 維方　従五上 ― 時方　和田四郎 ― 時家　号北条四郎大夫 ― 時政　北条四郎　遠江守

坂東平氏系図

良文　従五位下[2]　高望王五男　号村岡五郎　大夫

良文 ― 忠頼　陸奥守　従五下　村岡二郎

忠頼 ― 忠常　上総介　従五下 ― 常将　上総介 ― 常長　従五下 ― 常兼　従五下 ― 常重　千葉介 ― 常胤　同 ― 胤将　同 ― 成胤　同

忠頼 ― 将常　武蔵守　号秩父二郎 ― 武基　従五下 ― 武綱　秩父武者 ― 重綱　武蔵権守 ― 重弘　大郎大夫 ― 重良　庄司 ― 重忠　二郎 ― 重保　六郎

1　「土」に「渡歟」と傍書。

2　「文」に朱線を引き、「良文」の上に、「充《クニ》歟」と記入。

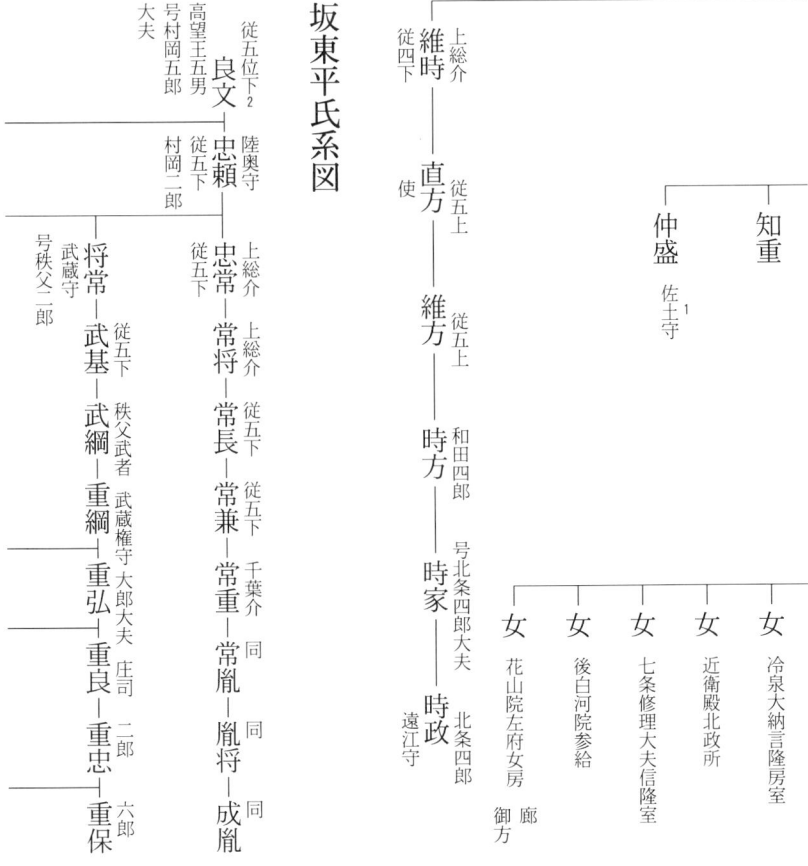

重季　小二郎

有重　別当
- 重成　三郎
- 重朝　四郎

重高　二郎大夫 ― 良高　別当 ― 重頼　太郎
- 重房　小二郎
- 女子　義経室

重時　河越二郎 ― 泰重　小二郎 ― 経重　遠江権守
- 宗重　同
- 重信　二郎
- 重広　三郎

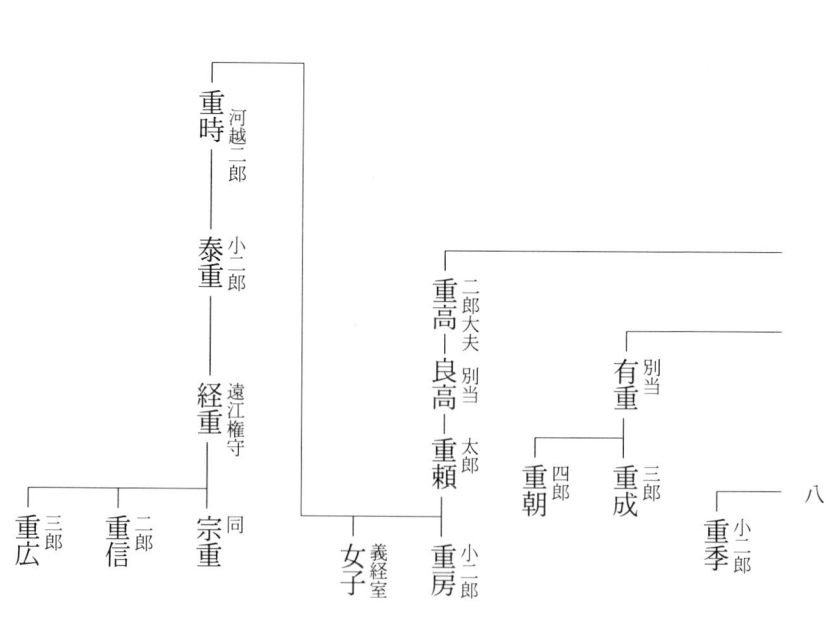

頼尊—常遠—常宗（押領使）

常宗—実平（二郎）—遠平（太郎）—惟平（右衛門尉）

常宗—宗遠（三郎）

忠道（駿河守）—為道（従五下）—為継（平太郎）—義継（広継）—義明（三浦介）

義明—義宗（太郎）—義盛（和田）—常盛（左衛門尉）

義明—義澄（三浦介）—義村（駿河守）—泰村（若狭守）

義明—義久（三郎 大多和）

義明—義連（佐原十郎 左衛門尉）

景名（甲斐権守）

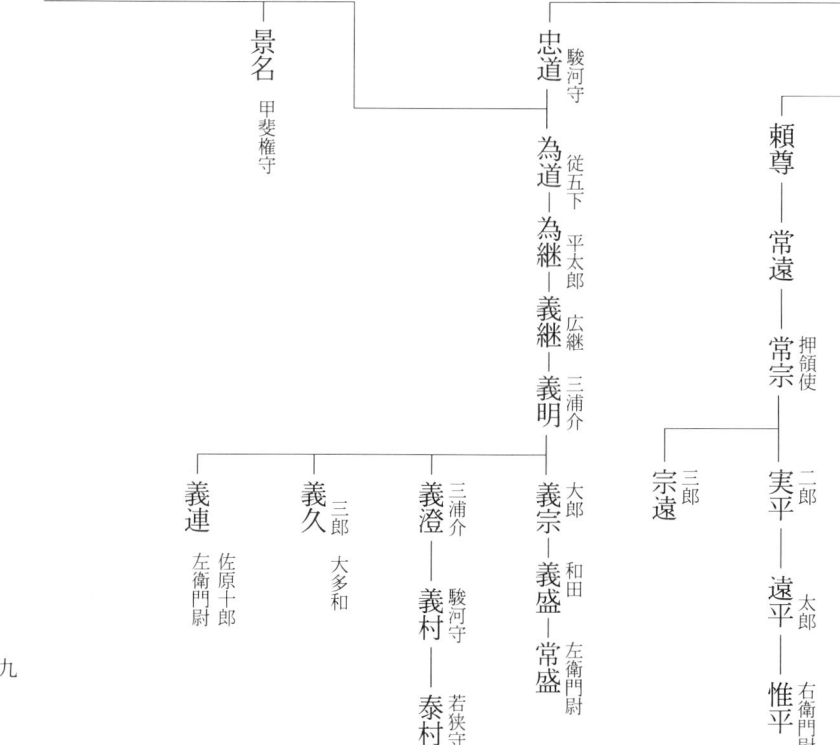

- 景村 従五下
  - 景明 太郎
    - 景宗 大庭権守
      - 景能 懐島平権守
      - 景親
- 景道 従五下
  - 景久 梶原大郎
    - 景長 大郎
      - 景時 平三
        - 景季 左衛門尉
      - 景茂 兵衛尉
        - 景俊 上総守
          - 景綱 左衛門尉
    - 朝景
  - 景正 鎌倉権五郎
    - 景継 中大夫
      - 義景 左衛門尉
        - 明義 四郎 長江
          - 明信 大郎

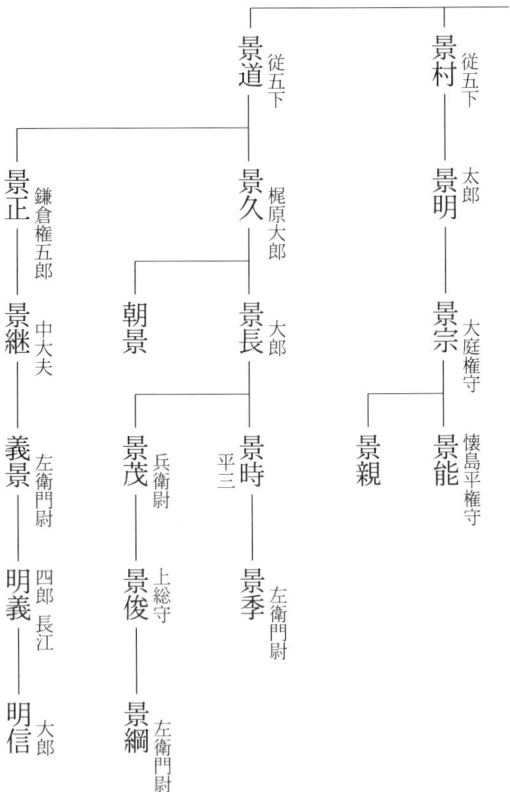

源氏系図

清和天皇（人皇五十六代　文徳第四子）―貞純親王（四品常陸大掾）―経基（歌人　正五位下　筑前守上総介　拾遺集作者　号六孫王）―満仲（歌人　左馬権頭　正四位下　摂津守　同集作者　寛和三年出家号多田新発　始賜源姓）

満仲の子
- 頼光（歌人正四下　摂津守）―頼国（右馬頭　正四下）―頼綱（歌人三河守　従四下）
  - 明国（下野守　従五下）―行国（従五下）―頼盛（摂津守）―行綱（号多田蔵人）
  - 仲正（兵庫頭）―頼政（歌人従三位）
    - 仲綱（歌人伊豆守）―宗綱
    - 兼綱（使）
- 頼親（大和守　従四下）
- 源賢（歌人　法眼　山）

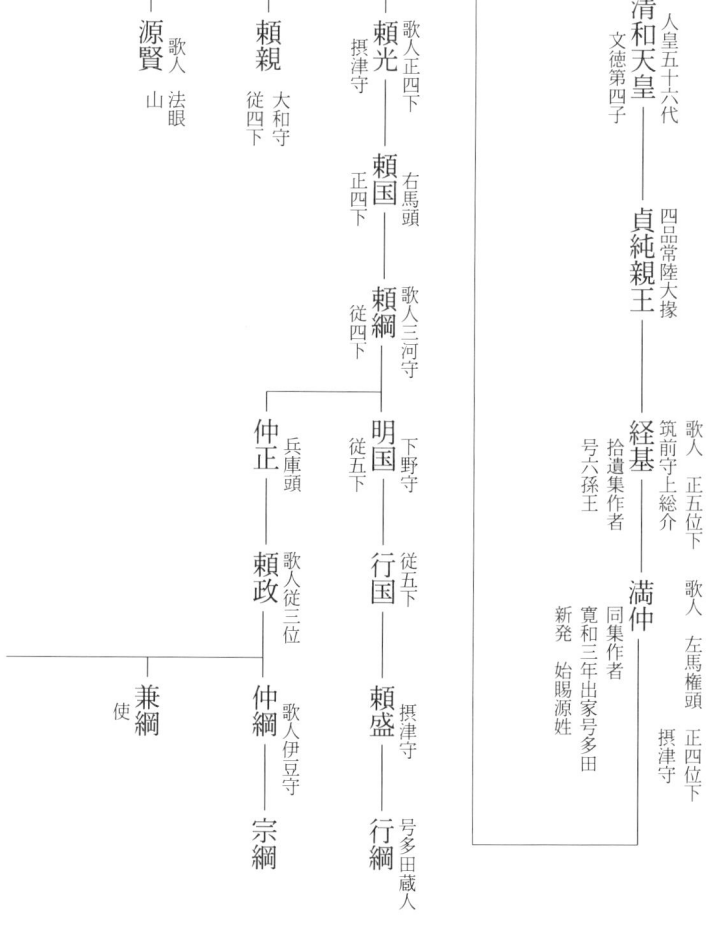

- 頼信 河内守 従四上
  - 頼義 預正四下 伊豆守[1]
    - 義家 歌人陸奥守 正四下
      - 義親 対馬頭
      - 義忠 使
      - 義国 従五下
      - 為義 大夫尉
        - 義朝 左馬頭贈内大臣 昇殿
          - 義平 源太
          - 朝長 中宮大夫進
          - 頼朝 右大将
            - 頼家 左衛門督
              - 公暁
            - 実朝 右大臣
          - 範頼 三河守
- 頼兼 蔵人大夫
- 頼茂 右馬権守
- 頼氏 下野守
- 女 歌人 二条院讃岐

全成 母常葉 阿野法橋 上醍醐

円全 母同 鳥羽卿公

義経 母同 伊与守 九郎大夫判官 昇殿

義賢 帯刀先生

義仲 左馬頭正五下

義基 清水冠者

仲家 八条院蔵人

義広 美乃守 元号三郎先生

頼賢 左衛門尉

淡路冠者 義憲

1 「豆」に朱線を引き、右に「与歟」と傍書。

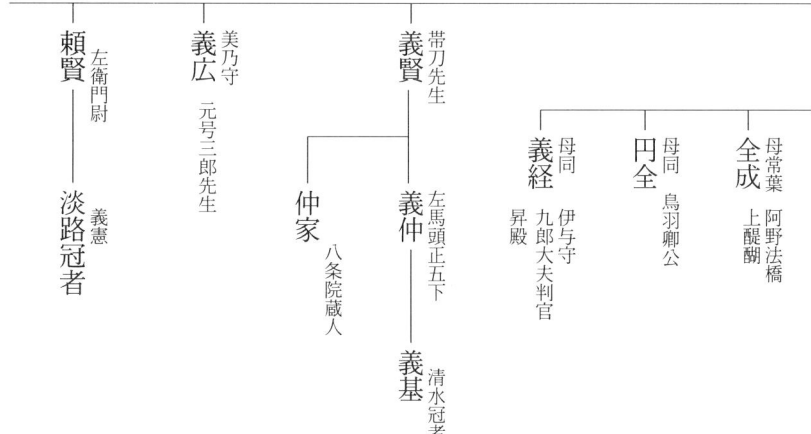

頼仲 掃部助 —— 掃部冠者

為宗 六郎

為成 七郎

為朝 八郎 崇徳院蔵人

為仲 九郎

行家 備前守 又号十郎蔵人義盛

両家肝要書出之自余略之

当巻之内歌十三首在之此外連歌二句

一　平家先祖之事　19
二　得長寿院供養事付導師山門中堂ノ薬師之事　20
三　忠盛昇殿之事付闇打事付忠盛死去事　28
四　清盛繁昌之事　36
五　清盛ノ子息達官途成事　42
六　八人ノ娘達之事　43
七　義王義女之事　46
八　主上々皇御中不快之事付二代ノ后ニ立給事　58
九　新院崩御之御事　65
十　延暦寺与二興福寺一額立論事　67
十一　土佐房昌春之事　68
十二　山門大衆清水寺ヘ寄テ焼事　70
十三　建春門院ノ皇子春宮立事　73
十四　春宮践祚之事　74
十五　近習之人々平家ヲ嫉妬事　75
十六　平家殿下ニ恥見セ奉ル事　76
十七　蔵人大夫高範出家之事　82
十八　成親卿八幡賀茂ニ僧籠事　84
十九　主上御元服之事　86
二十　重盛宗盛左右ニ並給事　87

廿一　徳大寺殿厳島ヘ詣給事　88
廿二　成親卿人々語テ鹿谷ニ寄合事　91
廿三　五条大納言邦綱之事　96
廿四　師高与宇河法師事引出事　98
廿五　留守所ヨリ白山ヘ遣牒状事（同返牒事）　99
廿六　白山宇河等ノ衆徒捧神輿上洛事　103
廿七　白山衆徒山門ヘ送牒状事　103
廿八　白山神輿山門ニ登給事　106
廿九　師高可被罪科之由人々被申事　107
三十　以平泉寺被付山門事　108
卅一　後二条関白殿滅給事　114
卅二　高松ノ女院崩御之事　128
卅三　建春門院崩御之事　128
卅四　六条院崩御之事　130
卅五　平家意ニ任テ振舞事　130
卅六　山門衆徒内裏ヘ神輿振奉事　131
卅七　毫雲事（付山王効験之事　付神輿祇園ヘ入給事）　137
卅八　法住寺殿ヘ行幸成ル事　141
卅九　時忠卿山門ヘ立上卿ニ事（付師高等被罪科事）　142
四十　京中多焼失スル事　148

平家物語第一本

一　平家先祖之事

祇園精舎ノ鐘ノ声、諸行無常ノ響アリ。沙羅双樹ノ花ノ色、盛者必衰《じやうしやヒツスイ》ノ理《ことわり》ヲ顕ス。驕レル人モ不レ久《ひさしか》ラ、春ノ夜ノ夢尚《ゆめなヲ》長シ。猛《タケ》キ者モ終ニ滅《ホロビ》ヌ、偏ヘニ風ノ前ノ塵ト不レ留《トマ》ラ。遠ク訪《トブラヘバ》二異朝《イてう》ヲ一者、[1]秦《シン》ノ[2]趙高《テウかう》、漢《カン》ノ王莽《わうマウ》、梁《リヤウ》ノ周異《シウイ》、唐ノ禄山《ロクさん》、是等ハ皆旧主先皇《キウシユせんクワウ》[3]ノ務《マツリゴト》ニモ不レ従《シタ》ガハ、民間《ミンカン》ノ愁《ウレヒ》、世ノ乱《みだれ》ヲ不レ知ラシカバ、[4]不レ久《ひさしか》ラシテ滅《ほろび》ニキ。近ク尋レ二我朝《わがてう》ヲ一者《ば》、承平《ぜウへい》ノ将門《マサかど》、天慶ニ純友《スミとも》、康和《カウワ》ノ義親《ギシン》、平治ニ信頼《シンライ》、驕《オゴル》[5]ル心モ猛《タケ》キ事モ取々《トリどり》ニコソ有ケレドモ[6]、遂《ツイ》ニ滅《ホロビ》ニキ。縦《たと》ヒ人事ハ詐《イツハル》ト云《いふ》トモ、[7]天道《てんたう》詐リガタキ者哉《カナ》。王麗《わうレイ》ナル猶《ナヲ》如レ此《かくのごとし》、況《イハンヤ》人臣、従者、争カ《イカデ》慎《ツヽシ》マザルベキ。間近《マぢか》ク大政大臣平清盛入道、法名浄海ト申シケル人ノ有様、伝《つたへうけたまはる》　承　コソ心モ詞モ及バレネ。

1　「秦」に声点⑦
2　「趙」に声点①
3　「旧」に声点、②か。
4　「不」の右下に「シテ」と送りがな。衍字と判断して削除した。
5　ルビ底本のまま。「オゴレル」か。
6　底本「レ」に「メ」と傍書。
7　天道テンタウ（饅頭屋本・易林本節用集）

彼《か》ノ先祖ヲ尋ヌレバ、桓武天皇第五皇子、一品《いつポン》式部卿葛原《カヅラはらの》親王九代ノ後胤、讃岐守正盛孫《ソン》、刑部卿忠盛朝臣嫡男《チヤクなん》也。彼ノ親王ノ御子高見ノ王無官無位ニシテ失《うせ》給ニケリ。其《その》御子高望《たかモチ》ノ親王ノ御時、寛平《クワンぴやう》二年五月十二日ニ初テ平ノ朝臣ノ姓《しやう》ヲ賜テ上総介ニ成給シヨリ以来《このかた》、忽《タチマチ》ニ王氏《わうし》ヲ出テ人臣ニ烈《ツラナ》ル。其子鎮守府《チンジュふの》[1]将軍良望《ヨシモチ》、後ニハ常陸ノ大掾国香ト改ム。国香ヨリ貞盛、維衡《コレヒラ》、正度《まさヨシ》[2]、正衡、正盛ニ至《イタ》ルマデ六代、諸国ノ受領《ジュリヤウ》タリト云ヘドモ、未ダ殿上《てんじやう》ノ仙籍《せんシヤク》[3]ヲ不レ聴《ユルサ》レ。

1　「府」、底本「符」。改めた。
2　「まさよし」、正しくは「まさのり」か。
3　「せんしやく」、長門本「せんせき」

二　得長寿院供養事　付導師山門中堂ノ薬師之事

忠盛朝臣備前守タリシ時、鳥羽院御願《とばのゐんのごグワン》得長寿院《トクぢやうジュゐん》ヲ造進《ザウシン》シ、三十三間《げん》ノ御堂《みダウ》ヲ立《たて》、一千一体《タイ》ノ聖観音《シヤウクワンヲン》ヲ奉ル二安置《アンヂ》シ一中尊丈六。等身千体。仍《よって》天承《てんせう》元年辛亥三月十三日甲辰吉日良辰《きちにちリヤウシン》ヲ以テ、供養《クヤウ》ヲ被《ラレ》レ遂畢《トゲをはん》ヌ。忠盛者《は》一身ノ勧賞《クハンシヤウ》ニハ備前国ヲ給ル。其外《そのほか》鍛冶《カヂ》、番匠《バンジヤウ》、杣師《ソマし》、惣ジテ結縁経営《ケツえんケイヱイ》ノ人夫《にんブ》マデモ、ホド〳〵ニ随テ勧賞ヲ蒙ル事、真実《シンジツ》ノ御善根《ゼンゴン》ト覚《ヲボヘ》タリ。

御導師《ダウシ》ニハ天台座主《てんダイノザス》ト御定《さだメ》アリ。而《シカル》ニ何《イカ》ナル事ニカオハシケム、座主再三《ザスサイさん》辞《ジ》申サセ給間、「サテハ誰《タレ》ニテカ有ベキ」ト仰《おほせ》アリ。其時《そのとき》、所々ノ名僧、寺々ノ別当《ベツタウ》望《ノゾミ》申ストコロ十三人也。浄土寺《ジヤウドジ》ノ僧正実胤《ソウジヤウジツイン》、同ク別当道忠僧都《ベツタウだうチウソウヅ》、興福《コウブク》寺《ジ》ノ[1]大臣法眼実信《ほふゲンジツシン》、同寺《どうじの》大納言法印成運《ジヤウウン》、御室御弟子《おムロノおんデシ》祐範《ユウハン》上人、園城寺《ヲンジヤウじの》権《ゴンの》大僧都良円《りやうエン》、同ク智覚僧正、東大寺大納言法印隆鑁《リウばん》、花山《くわさん》ノ僧正覚雲《カクうん》、蓑尾《ミノヲノ》法眼蓮浄、兵部卿僧都祐全、宇治僧正寛深《クワンシン》、桜井《さくらい》ノ宮ノ聖人円妙已上十三人、此ノ智徳《チとく》達ハ皆法皇ノ御外戚《ごグワイセキ》[2]、[3]或ハ御師徳、[4]或ハ御祈禱所ノ満徳《まんどく》也。皆[5]以二公《コウ》[6]請《シヤウ》一被レ勤《ラル、ツトメ》人々也。誠ニ種姓高貴《シユシヤウかうキ》ニシテ智恵明了《チエメイレウ》也。浄行持律《ジヤウギヤウヂリツ》ニシテ、説法《セツぽふ》ニ富留那《フルナ》ノ跡ヲ伝ヘ、「吾コソ天下《てんが》一ノ名僧ヨ」「吾コソ日本無双《ブサウ》ノ唱導《シヤウダウ》ヨ」ト、各《おの〳〵》[7]憍慢《ケウマン》ノ幡幢《ハタホコ》ヲタテヽ、望ミ申サセ給モ理《コトハリ》也。「ゲニモ天台座主《てんだいノ》ノ外《ほか》ハ、此人々コソ器量《キリヤウ》ヨ」ト法皇モ御定《ごぢやう》アリ。サレバ思食《おぼしめし》煩ヒテゾ渡ラセ給ケル。毎日ニ公卿僉議アリケレドモ、サシテ誰トモ定マラズ。「サラバ孔子《くじ》ニ取

1 「大臣」、長門本「大進」
2 「外」に声点②、「戚」に声点③
3 「或ハ」の下に「法皇ノ」とあり、見せ消ち。
4 「或ハ」の下に「法皇ノ」とあり、見せ消ち。
5 返り点は底本による。長門本「みなもて公請をつとめらるゝ人々なり」
6 公請クシヤウ（易林本節用集）
7 「〳〵」は底本のルビ。

ベシ」トテ、彼ノ禅侶等ヲ皆得長寿院ニ被レ召タリ。ユヽシキ見物《けんぶつ》ニテゾ有ケル。サテ孔子ノ次第ハ、十三ノ内ニ一ニハ「御導師タルベシ」ト書テ、余《よ》ノ十二ハ物モ不レ書、白孔子也。法皇ノ仰《おほせ》ニ、「丸《まろ》ガ現当二世ノ大事、只此《この》仏事ニアリ。若実《もしまこと》ノ導師タルベキ器量ノ人、此十三人ノ外ニテ猶ヤ有《ある》ラン。冥《みやう》ノ照覧難シレ知リ。サレバ今一ヲ加ヘテ十四ノ孔子ニ成《なす》ベシ」ト云々。仍《よつて》御定《ごぢやう》ニ任《まかせ》テ十四ニシテ、十三人寄《より》テ面々ニ取給ニ、皆白孔子ヲ取テ、「御導師タルベシ」ト云《いふ》孔子ハ残《のこり》タリ。「冥ノ照覧、実ニ様《やう》有ベシ」ト仰アリ。十三人ノ智徳、各《おのおの》宝ノ山ニ入テ手ヲ空クシテ帰リ給ヘリ。

其後、法皇、「此人々ノ外ニ誰有ベシトモ不レ覚。只願《ねがは》クハ、必シモ智者ニ非ズ、能説ニ非ズトモ、種姓下劣ナリトモ、心ニ慈悲アリテ、身ニ行徳イミジク、天下一番ニ貧シカラム僧ヲ導師ニ用《もちゐ》バヤト思フハイカニ」ト仰アリ。公卿未ダ御返事申サレザル処ニ、蓑笠着《き》タル者《もの》ノ門外ニ臨ミタリ。奇《あやし》ク御覧ズル処ニ、蓑笠ヲバ唐居敷《からゐしき》ニ指置《さしおき》、黒キ衣袈裟《ころもけさ》懸タル僧一人《いちにん》、老々《らうらう》トシテ、法皇《ほふわうの》御前ニ参テ、「実ニテ候ヤラン、得長寿院供養ノ御導師ニハ、無智下賤ナリトモ、心ニ慈悲有テ、身ニ徳行《とくぎやう》アラン貧僧ヲ可レ被レ召ト承ハル。愚僧コソ慈悲ト行徳トハ闕《かけ》テ候ヘドモ、貧窮《びんぐう》ノ事ハ日本一ニテ候ヘ。真実ノ御事ニテ候者《さうらはば》、可レ参哉《まゐるべくや》候覧《らん》」其時公卿、殿上人、「サコソ仰《おほせ》アランカラニ、和僧様《わそうやう》ノ者ヲバ争《いかで》カ可レ被レ召《めさるべき》。不思議也。見苦シヽ。トク〳〵罷出《まかりいで》ヨ」ト云《いふ》。法皇ノ仰ニ、「イカナル所ニアル僧ゾ」ト御尋アリ。僧申ケルハ、「当時ハ坂本ノ地主《ぢしゆ》権現ノ大床ノ下ニ、時々庭草ムシリテ候」ト申《まうす》。法皇、「サテハマメヤカニ無縁貧道ノ僧ニコソアムナレ。不便《ふびん》ナリ。御導師ニ定メ思食《おぼしめす》所也。来《きたる》十三日ノ午時以前ニ彼《かの》御堂ニ可レ参」ト御定アリ。僧涙ヲハラ〳〵トコボシテ、手ヲ合テ法皇ヲ拝《をがみまゐら》進セテ、蓑笠取テ打キテ罷帰《まかりかへり》ケリ。其時法皇人ヲ被レ召テ、「アノ僧ノ住《すむ》所見テ可レ参。イカナル有様シタル僧ゾ。能々《よくよく》ミヨ」トテ遣ハス。御使ミガクレニ行《ゆく》程ニ、ゲニ地主権現ノ大床ノ下ニ入ヌ。居所《ゐどころ》ノ有様、雨皮《あまかは》引廻シテ、絵像ノ弥陀ノ三尊カケテ、仏ノ前《まへの》机ニ焼香散花《さんげ》ノ匂《にほひ》薫《くんじ》タリ。サテハ何事モナシ。但《ただ》[1]机ノ下ニ紙ニヒネリタル物アリ。其ヲ取テ茶坏《ちやつき》ニチト入《いれ》テ、閼伽《あか》桶《をけ》ナル水ニス、ギテ服《ぶく》シケリ。サテ其後独言《そののちひとりごと》ニ申ケルハ、「トカクシテ儲ケタリシ松ノ葉モ、ハヤ乏ク成リヌ。ナニヲモテカ露命《つゆのいのち》ヲモ支《ささふ》ベキ。アハレ、ハヤ御仏事ノ日ニ成《なれ》カシ。サテモ目出《めでた》キ法皇ノ御善根ノキヨサカナ。南無山王大師、七社権現、慈悲納受ヲ垂レテ、清浄《しやうじやう》ノ御善根修行シ給ヘル法皇ヲ守護シ進《まゐら》セ給ヘ」トテ、念珠シテ侍リ。御使帰参《かへりまゐり》テ此由ヲ奏聞ス。法皇大《おほき》ニ感ジ思食《おぼしめす》所也。

既ニ御《おん》供養ノ日、彼ノ大床ノ下ノ聖《ひじり》ノ許《もと》ヘ四方輿《しはうごし》ヲ迎ヘニ遣ハサル。聖申ケルハ、「輿車《こしぐるま》ニ乗《のる》ベキ御導師ヲ可レ被レ召《めさるべき》ナラバ、所ノ望ミ申ス十余人ノ高位ノ僧ヲコソ被レ召候ベケレ。而《しかるに》今ハ態《わざ》ト無縁貧道ノ僧ヲ供養ゼサセ給《たまふ》清浄ノ御善根也。争《いかで》カ有名無実ノ虚仮《こけ》ノ相《さう》ヲバ現ジ候ベキヤ」トテ、四方輿ヲ返シ進セ畢《をはんぬ》。吉日ハ十三日、良辰ハ午時也。以前ニ御幸モナリ、行幸《ぎやうがう》モ成ヌ。女房、男房《なんばう》、スベテ雲上《くものうへの》人々、皆参リ給ヘリ。何況《いかにいはんや》、都鄙遠近《とひゑんきんの》貴賤上下ノ諸人《しよにん》、幾千万ト云事ヲ不レ知参リ集リ、件《くだん》ノ御導師モ已ニ臨ミ給ヘリ。アリシ蓑笠ヲコソ今日ハキ給ハネドモ、衣袈裟ハ只其時ノマヽナリ。老々《らうらう》トシテ腰少シ亀《カヾマ》リ給ヘリ。従僧トオボシクテ、若僧《わかき》二人アリ。御布施持《もた》セムトオボシクテ、下《げ》僧《そう》十二人庭上《ていしやう》ニアリ。実ニ尩弱《わうじやく》タル体《てい》、諸人皆目ヲ驚《おどろかし》テゾ侍ケル。導師已ニ高座ニ登リ給ヘバ、膝振ヒワナヽキテ、法則《ほつそくの》次第モ前後不覚ニ見エタリ。暫ク有テ勧請《くわんじやう》ノ句ヲハタト打上給タリケレバ、三十三間ヲヒヾキ廻《め》グリ、一千一体ノ御仏《みほとけ》モ納受ヲタレ給ラムトゾ目出《めでた》カリケル。表白《へうびやく》実ニ玉《たま》ヲ吐《はき》、説法弥《いよいよ》富楼那《ふるな》ノ弁舌アリ。聴聞集会《ちやうもんしふゑ》ノ万人《ばんにん》随喜ノ涙ヲ流シテ、無始ノ罪障ヲ濯ギ、見聞《けんもん》覚知ノ道俗ハ、歓喜ノ袖ヲ剛[2]テ、即身ノ菩提ヲ悟ル。昔須達長者ガ四《し》十九院《じふくゐん》ノ祇園精舎ヲ建テヽ、釈迦善逝《ぜんぜい》ノ御供養アリケンモ、利益《りやく》結縁ノ砌《みぎり》[3]コレニハ過ジト目出シ。御説法永《ながく》シテ三時バカリアリケルヲ、法皇ハ刹那《せつなの》程トゾ被二思食一《おぼしめされ》ケル。已ニ廻向ノ金鳴《かねなら》シテ、高座ヨリ下テ、正面ノ左ノ柱ノ本ニ居給ヘリ。始ニハ墨染ノ袈裟衣ハ、今ハ錦ノ法服《ほふぶく》ヨリモ貴《たふとく》ゾミエケル。御《おん》布施

1 但タ、（伊呂波字類抄）
2 「剛」、長門本「かきあはせて」「刷」の異体字であれば、「カイツクロフ」（類聚名義抄）
3 「砌」、長門本「御法」

千石千貫、金千両、其上ニ御加布施《かぶせ》、御堂ノ前ニ山ノ動キ出タルガ如シ。田村ノ御門ノ御時、タカキ御子ト申《まうす》女御隠《かくれ》サセ給テ、安祥寺ニテミワザシ給ケルニ、堂ノ前ニサヽゲモノ多シテ山ノ如シ。其《それ》ヲ在中将ヨミタリケル、

山ノミナウツリテ今日ニアフ事ハ春ノ別ヲトフトナルベシ

善根ノ志ノ深《ふかき》ニハ、御布施ノ色ニ顕レタリ。月輪西山《ぐわちりんにしのやま》ニ隠テ夜陰ニ及ビケレバ、御堂ノ前ニ万燈会《まんどうゑ》ヲトモサレタリ。御導師已ニ帰給ケルニ、聴聞ノ衆《しゆ》庭ニ多シテ、出サセ給ベキ様《やう》モ無リケレバ、御堂ノ正面ヨリ虚空[1]ヲ飛上テ、惣門《そうもんの》上ニ暫クヲハシマシケリ。二人《ににん》ノ従僧ハ日光、月光、光《ひか》リ[2]ヲカヽヤカシ、十二人ノ下僧ハ薬師ノ十二神将《じんしやう》也。御導師ハ地主権現ノ本地、叡山《えいざん》中堂ノ伊王善逝ニテゾ坐《ましまし》ケル。世已ニ末代タリト云ヘドモ、願主《ぐわんじゆ》ノ信心清浄[3]ナレバ、仏神《ぶつじんの》威光猶以《なほもつて》厳重《げんぢよう》[4]也。法皇ノ御心ノ中サコソウレシク思食《おぼしめし》ケメ。

聖武天皇ノ御願東大寺供養ノ御導師ハ、行基菩薩ト御定《さだめ》有ケルニ、行基堅ク辞シ申サセ給ケル様ハ、「御願《ごぐわんの》大仏事也。小国ノ比丘不㆓相応㆒セ。霊山《りやうぜん》浄

土ノ同聞衆《どうもんしゅう》婆羅門尊者ト申《まうす》大羅漢、今ニ天竺ニアリ。迎ヘニ遣スベシ」トテ、宝瓶《ほうびやう》ニ花ヲタテ、閼伽《あか》ヲシキニ居《す》ヘテ、難波ノ海ニ置《おき》給ケレバ、風モ吹カザルニ閼伽ヲシキ流レテ西ヲサシテ行ク。七日ヲ経テ後、供養ノ日、彼《かの》婆羅門尊者閼伽ヲシキニ乗テ難波ノ津ニ来テ、大仏殿ヲバ供養ジ給ニキ。ソレヲコソ奇《き》代《たい》ノ不思議ト承《うけたまはる》ニ、コレハ猶勝《すぐ》レタリ。サテ彼《かの》バラ門尊者南天竺ヨリ難波ノ浦ニ到来ノ時、行基菩薩対面シテ宣ク、

　霊山ノ釈迦ノミマヘニ契《ちぎり》テシ真如[5]クチセズアヒミツル哉

婆羅門尊者ノ返事

　迦毗羅《かびら》エノ苔ノ莚《むしろ》ニ行遇《ゆきあひ》シ文珠ノ御《み》カホ又[6]ゾ拝スル

サテ、バラ門尊者ハ読師《どくし》、行基菩薩ハ講師《かうじ》ニテ大仏殿ヲバ供養アリキ。其時バラ門ヲバ僧正ニ成《なし》テ、「東大寺ノ長老シ給ヘ」ト宣旨成《なり》ケレドモ、不日《ふじつ》ニ天竺ニ帰給ニキ。行基菩薩ハ八十ニテ天平勝宝元年二月ニ入滅シ給キ。彼《かの》歌ノ心ニテ、バラ門僧正ハ普賢、行基菩薩ハ文珠ナリ。普賢、文珠等ノ二菩薩、大仏殿

1 「虚空ヲ」、長門本「こくうをさして」
2 底本「々」。改めた。
3 「清浄」、長門本「せい〳〵」、「精誠」であろう。
4 厳重ゲンデウ（黒本本節用集・伊京集）
5 以下、長門本「ふけんの光こゝにかゝやく」
6 以下、長門本「いま見つるかな」

ヲバ供養ジ給ヘリ。今此《この》得長寿院ヲバ中堂ノ薬師如来、日光、月光等ノ二菩薩ヲ従僧トシ、十二神将等ヲ眷属トシテ御供養アリ。「遙ニ昔ノ聖跡ヨリモ当伽《が》藍《ラン》ノ効験《カウゲン》ハ勝レ給ヘリ」ト万人皆所レ奉レ讃《ほメ》也。

三　忠盛昇殿之事　付闇打事付忠盛死去事

鳥羽《とばの》禅定法皇叡感ニ堪サセ御座《おはしまさ》ズ[1]、忠盛ニ但馬国ヲ給ル上、年三十七ニテ内昇殿《うちのセウでん》ヲ聴《ユル》サル。昇殿ハ是生涯《これしやうガイ》ノ撰《エラビ》ナリ。設《たとエ》院ノ昇殿スラ然《しか》也、何況《いかにイハンヤ》於《おいて》二内ノ昇殿一ニ哉《をや》。雲上人鬱猜《イキドヲリソネン》デ、同年《おなじきとしの》十一月五節廿三日豊明《とよノあかリノ》節会ノ夜、暗討《やみうち》ニセムト擬《ギ》ス。忠盛朝臣是事《このこと》ヲ風《ほのか》[2]ニ聞テ、「我レ右筆《ユウひつ》ノ身ニ非ズ。武勇《ぶよう》ノ家ニ生レテ、今此《この》恥ニ遇《アハ》ム事、家ノ為、身ノ為心ウカルベシ。所詮身ヲ全《まつたく》[3]シテ、君ニ仕《つかへ》ヨト云《いふ》本文アリ」ト宣テ、内々用意アリケリ。忠盛朝臣ノ郎等、元ハ忠盛ノ一門ナリケルガ、後ニハ父讃岐守正盛時《まさもりが》ヨリ郎等職《しき》ニ補ス、進《しんの》三郎大夫平季房《すゑふさが》子ニ左兵衛尉家貞ト云者アリ。備前守ノ許《もと》ニ参テ申ケルハ、

「父季房乍レ恐《おそれながら》御一門ノ末ニテ候ケルガ、故入道殿ノ御時、始テ郎等職ノ振舞ヲ仕リ候ケリ。家貞父ニ増《まさる》ベキ身ニテ候ハネドモ、相継《あひつぎ》テ奉公仕《つかまつり》候。今年ノ五節《ごせちの》御出仕ニハ、一定僻事出来《いちぢやうひがごといでき》候ベキ由、粗《ホヾ》承ル旨候。殿中ニ我モ〳〵ト思《おもふ》人共アマタ候ラメドモ、加様《かやう》ノ御瀬《おんせの》折節ニアヒマイラセムト思フ者ハサスガスクナクコソ候ラメナレバ、五節ノ出仕ノ御共ヲバ家貞仕ルベシ」ト内々《ないない》申セバ、忠盛是ヲ聞テ、「可レ然」トテ被二召具一《めしぐせられ》タリ。一尺三寸アル黒鞘巻ノ刀ヲ用意シテ、着座ノ始ヨリ乱舞《らんぶ》[4]ノ終《はて》マデ、束帯ノ下ニシドケナキ様ニ指テ、刀ノ柄《つか》ヲ四五寸計指出《ばかりさしいだし》テ、常ハ手打カケテ作リ眼《まなこ》シテ居ラレタリ。傍輩ノ雲客此《うんかくこれ》ヲ見テ、恐惶《きやうくわう》ノ心アルナラバ、闇討ハセザラマシノ謀《はかりこと》也。家貞元ヨリサル者ニテ、忠盛ニ目ヲカケテ、木賊《とくさ》ノ狩衣《かりぎぬ》ノ下ニ萌黄《もえぎ》ノ糸威《いとをどし》ノ腹巻胸板セメテ、大刀《たち》脇ニ挟《はさみ》テ、殿上ノ小庭ニ候。同《おなじく》弟薩摩平六家長トテ、歳十七ニナリケルガ、長《たけ》高ク骨太ニテ、力《ちか》ラオボヘ取テ、度々ハガネ顕ハシタル者アリケリ。松皮《まつかは》ノ狩衣ノ下ニ紫糸威ノ腹巻着《キ》テ、備前作《びぜんづくり》ノ三尺五寸アリケルワリザヤノ大

1　「御サ」の「サ」にミセケチ、「座」と訂す。
2　風ホノカニ、ホノカナリ（類聚名義抄）。風聞ホノカニキク（天正本・易林本節用集）
3　第一本「清盛繁昌之事」に「天命ヲ全クス」とあるのに従った。
4　乱舞ランブ（黒本本節用集）、ラッフ（饅頭屋本節用集）

刀カイハサミテ、狩衣ノ下ヨリ手ヲ出シテ、犬居ニツイ跪《ひざまづき》テ、殿上ノ方ヲ雲スキニ見スカシテ居タリケレバ、貫首以下《くわんじゆいげ》殿上人アヤシミテ、蔵人ヲ召テ、「空柱《うつほばしら》ヨリ内ニ、布衣《ほうい》ノ者ノ候《さうらふは》何者ゾ。狼籍ナリ。罷出《まかりいで》ヨ」ト云ハセケレバ、家貞少《すこし》モサハガズ、「相伝ノ主《しゆう》[1]刑部卿殿、今夜闇討ニセラルベキ由承候ヘバ、成《なら》ム様見候ハムトテカクテ候。エコソ罷出《まかりいづ》マジケレ」トテ、畏《かしこまり》テ候ケル。頬《つ》ラ魂《だまし》ヒ、事ガラ、主《しゆう》事ニアハヾ、小庭ヨリ殿上マデ切上リツベキ気色《けしき》ナリケレバ、人々由ナシトヤ思ハレケム、其《その》夜ノ闇討セザリケリ。其上忠盛朝臣大ノ刀ヲヌキテ、火ノホノグラカリケル所ニテ、鬢髪《びんばつ》ニ引アテ、拭《のご》ハレケリ。余所目《よそめ》ニハ氷ナドノ様ニゾ見《みえ》ケル。彼ト云《いひ》、是ト云、アタリヲ払テミエケレバ、由ナクゾ思ハレケル。

サテ御前ニ召シアリテ、忠盛朝臣被レ参ケルニ、五節ノハヤシト申《まうす》ハ、「白ウスヤウノコゼムジノカミ、マキアゲフデ、トモエ書タル筆ノヂク」トコソハヤスニ、是ハ拍子ヲカヘテ、「伊勢平氏《いせのへいじ》ハ、スガメナリケリ」トハヤシタリ。忠盛左ノ目ノ眇《スガミ》タリケレバ、カクハヤシタリ。桓武天皇末葉《てんわうのばつえふ》ト申《まうし》ナガラ、中比《なかごろ》ヨリハウチサガテ、官途《くわんど》モアサク、地下《ぢげ》ニノミシテ、都ノスマヰウト〳〵シク、常ハ伊勢国ニ住シテ久ク人トナリケレバ、此《この》一門ヲバ伊勢平氏ト申ナラハシタルニ、彼《かの》国ノ器《うつはもの》ニ対シテ、「伊勢平氏ハ酢瓶《スガメ》ナリケリ」トハヤシタリケルトカヤ。忠盛スベキ様無《やうなく》テ、サテヤミヌ。

抑《そもそも》五節ト申《まうす》ハ、清見原ノ天皇ノ御時、唐土《もろこし》ノ御門《みかど》ヨリ崑崙山《コンロンさん》ノ玉ヲ五ツ進《まゐらせ》サセ給ヘリ。其《その》玉暗《やみ》ヲ照スナリ。一《ひとつの》玉ノ光五十両ノ車ニ至ル。是ヲ豊ノ明リト名付タリ。御秘蔵《ひさう》[2]ノ玉ニテ、人是《これ》ヲ見事《みる》ナシ。其比《そのころ》又唐土ノ商山ヨリ仙女《せんによ》五人来《きたり》テ、清御原ノ庭ニテ廻雪ノ袂ヲ飜《ひるがへす》事五度《いつたび》アリ。但《ただし》暗天ニシテ、其形ミエザリシカバ、彼五《かのいつつの》玉ヲ出《いだし》テ、廻雪ノ形ヲ御覧ジキ。玉ノ光アキラカニシテ、昼ヨリモ猶明《あか》シ。而《しかる》ニ五人ノ仙人ノ舞事《まふ》、各異《おのおのことなる》節也。故ニ此ヲ五節ト名付タリ。其時ヨリ、彼《かの》仙人ノ舞ノ手ヲ移シテ、雲上人舞ケリ。其時ノ拍子ニハ、「白ウスヤウコゼムジノ紙、マキアゲフデ」トハヤシケリ。其《その》故者《は》、

1 「刑部卿」、長門本「備前守」
2 秘蔵ヒサウ（黒本本節用集・伊京集）

カノ仙人ノ衣《きぬ》ノウスクウツクシキ事[1]サマ、白薄様《しろうすやう》コゼム[2]ジ[3]ノ紙ニ相似タリ。舞ノ袖ヲヒルガヘシ、簪《かんざし》ヨリ上《かみ》ザマニマキアゲタル形ニ似タリケレバ、巻アゲノ筆トハハヤシキ。サレバ舞人《まひびと》ノ形アリサマヲハヤスベキ事ニテゾ有ケル。而《しか》ルニ、「スガメナリケリ」トハヤサレテ、御遊《ぎよいう》モ未ダハテヌニ、深更ニ及テ、罷出《まかりいで》ラレケルニ、「イカニ。何事カ候ツル」ト申セバ、面目ナキ事ナレバ、「何事モナシ」トテ被レ出ニケリ。サテ忠盛出《いで》給ケルトキ、腰刀《こしのかたな》ヲバ主殿司《とのもづかさ》ニ預テ、大盤《だいばん》ノ上ニヲカレテケリ。

後日《ごにち》ニ公卿、殿上人此《これ》ヲ被レ申ケルハ、「傍若無人ノ体、返々謂レナシ。サコソ重代ノ弓取ナラムカラニ、カヤウノ雲上交《うんしやうのまじはり》ニ、殿上人タル者ノ、腰刀ヲサシ顕《あらは》ス事先例ナシ。夫《それ》雄剣ヲ帯シテ公宴《クエン》ニ烈シ、兵杖《ひやうぢやう》ヲ賜《たまはり》テ宮中ヲ出入スルハ、皆格式《カクしきの》礼ヲ守リ、綸命由《よし》アル先規《せんキ》也。然《しかるに》忠盛朝臣ニ及テ、或ハ相伝ノ郎等ト号《かう》シテ、布衣《ほうい》ノ兵《つはもの》ヲ殿上ノ小庭ニ召置《めしおき》、其身腰刀《そのみこしのかたな》ヲ横《よこだ》ヘ差テ、節会ノ座ニ烈ス。両条共ニ希代未聞《きたいみもんの》狼籍也。事既ニ重畳《ちようでふ》セリ。罪科尤《もつとも》難レ遁。早御札《はやくみふだ》ヲ削テ、解官停止《げくわんちやうじ》セラルベキ」由、各《おのおの》一同ニ被二訴申一。上皇被二驚思食《おどろきおぼしめされ》一テ、忠盛ヲ召テ御尋アリ。陳申《ちんじ》ケルハ、「先《まづ》郎従小庭ニ祗候ノ事、忠盛是ヲ不二存知《ぞんぢせず》一。但《ただし》近日人々相巧《たく》マル、子細有歟《あるか》之間、年来《ねんらいの》家人此《この》事ヲ伝承《つたへうけたまはる》歟《か》ニ依テ、其《その》恥ヲ助ム為ニ、忠盛ニ知ラレズシテ、竊《ひそ》カニ小庭ニ参候之条、不レ及レ力次第也。此《この》上猶難《がたく》レ遁二其科《そのとがを》一者《は》、可三召《めし》二進《まゐらす》其身一ヲ候哉《や》。次腰刀《つぎにこしのかたなの》事、件《くだんの》刀主殿司《とのもづかさ》ニ預テ候。忩《いそ》ギ被二召出一テ、刀ノ実否《じつぷ》ニ付テ、咎ノ左右《さう》可レ有歟《か》」ト被レ申ケレバ、主上、「尤《もつとも》可レ然」ト被二思食一テ、彼《かの》刀ヲ召《めし》出《いだし》テ、「殿上人ヌケ」ト被二仰下一。叡覧《エイラン》ヲ経ルニ、上ハサヤマキノ黒塗ナリケルガ、中ハ木刀ニ銀薄《ぎんぱく》ヲ押タリケリ。主上頗《すこぶ》ルエツボニ入《いら》セ給テ仰《おほせ》ノ有ケルハ、「為レ遁《のがれんがために》二当座ノ恥辱一ヲ、刀ヲ帯《たいす》ル由ヲ構フト云ヘドモ、後日ノ訴訟ヲ存知シテ、木刀ヲ帯シタル用意ノ程コソ神妙《しんべう》ナレ。弓箭ニ携《タヅサハ》ラム者謀《もののはかりこと》ハ、尤モカクコソアラマホシケレ。兼《かねて》又郎従、主ノ恥ヲ濯ガムト思フニ依テ、ヒソカニ参候之条、且ハ武士ノ郎従ノ習ナリ。全ク忠盛ガ咎ニ非ズ」トテ、還《かへり》テ

1 「事」の右に「有イ」と傍書。
2 「セ」に声点②
3 「シ」に声点⑧

叡感ニ預リケル上ハ、敢テ罪科ノ沙汰ニ及バザリケレバ、各《おのおの》憤リ深クテ止《やみ》ニケリ。

中納言大宰権帥季仲卿ハ色ノ黒カリケレバ、黒帥《こくそつ》[1]トゾ申ケル。昔蔵人頭《くらうどのとう》タリシ時、其《それ》モ五節ニ、「穴黒々《アナクロぐ》、クロイトウカナ。何《いか》ナル人ノウルシヌリケム」トハヤシタリケレバ、カノ季仲ニ並《ならび》タリケル蔵人頭、色ノ白カリケレバ、季仲ノ方人《かたうど》トオボシキ殿上人、「穴白々《しらしら》、白イ頭カナ。イカナル人ノ薄《はく》[2]ヲヌリケム」トハヤシタリケリ。花山院入道大政《だいじやう》大臣忠雅、十歳ト申ケル時、父《ちちの》中納言ニ後《おく》レ給テ、孤子《ミナシゴ》[3]ニシテオハシケルヲ、中御門中納言家成卿幡磨守タリシ時、聟ニ取テ花ヤカニモテナサレケルニ、是《これ》モ五節ニ、「幡磨米《はりまよね》ハ木賊《とくさ》カ椋《むく》ノ葉カ。人ノキラヲミガキ付《つく》ルハ」トハヤシタリケリ。代上《よあがり》テハ、カヽル事ニモサセル事モ出来《いでこ》ザリケリ。末代ハイカヾアランズラム、人ノ心オボツカナシ。

忠盛卿子息アマタオハシキ。嫡子清盛、二男経盛、三男教盛、四男家盛、五男頼盛、六男忠房、七男忠度、已上七人ナリ。皆諸衛佐《しよゑのすけ》ヲ経テ、殿上ノ交リ人嫌フニ不ㇾ及。日本ニハ男子《なんし》七人アル人ヲ長者ト申《まうす》事ナレバ、人ウラヤミケリ。此《これ》モ直事《タヾこと》ニ非ズ。得長寿院ノ御利生ノアマリトゾ覚ル。但《ただし》命ハ限アリケル習ナレバ、仁平三年正月十五日、生年五十八ニテ忠盛朝臣北亡[4]ス。歳未ダ六十ニ満タザルニ、サカリトコソミエ給シニ、春ノ霞ト消ニケリ。サシタル病モオハセズ、正月十五日ハ毎年ニ精進潔済シ給ケレバ、今年モ又身心《しんじん》ヲキヨメ沐浴シテ、本尊ノ御前ニ香ヲ焼《た》キ、花ヲ薫ジ給ケルガ、西ニ向テ眠ルガ如クシテ引入《ひきいり》給ニキ。今生ハ一千一体ノ仏ノ利益ヲ蒙リテ、一天四海ニ栄花ヲ開キ、終焉ノ暮《ゆふべ》[5]ニハ三尊ノ来迎ニ預テ、九品蓮台ニ往生ス。女子《によし》五人、男子七人、各《おのおの》涙ヲ流テ惜ミ給キ。男女十二人ノ腹族《ハラカラ》、皆取々ニ幸《さきは》ヒ給キ。乙姫君バカリゾ、今年ハ九ニ成給ケレバ、母ニ付テ空《むなし》キ宿ニ独リオハシケル。父ノ恋シキ時ハ、殖《うゑ》置キ給シ坪ノ内ノ桜ノ本ニ立ヨリ、泣ヨリ外《ほか》ノ事ナシ。明《あけ》ヌ晩《くれ》ヌト過行《すぎゆく》程ニ、正月モ過ギ、二月《きさらぎ》、弥生ノ比《ころ》ニモ成ケレバ、坪《つぼの》内ノ桜ウルハシク開《さき》[6]タリ。姫

1 「黒」に声点③、「帥」に声点③
2 「薄」、長門本「粉」。白の当て字か。
3 「子」の上に○印、「孤《ミナシコ》」と傍書。
4 「北」に「本マヽ」と傍書。
5 暮ユフヘ（類聚名義抄）
6 開さく（キリシタン版落葉集）

君コレヲミ給テ、

ミルカラニ袂ゾヌル、サクラバナヒトリサキダツチ、ヤ恋シキ

四　清盛繁昌之事

清盛嫡男タリシカバ其《その》跡ヲ継グ。保元々年左大臣代ヲ乱《みだり》給シ時、安芸守トテ御方《みかた》ニテ勲功アリシカバ、幡磨守ニ移テ、同《おなじき》年ノ冬、大宰大弐《だざいのだいに》ニ成ニキ。平治元年右衛門督謀叛之時、又御方ニテ凶徒ヲ討平ゲシニ依テ、「勲功一ニ非ズ。恩賞是《これ》重カルベシ」トテ、次《つぎの》年正三位ニ叙ス。是ヲダニモユ、シキ事ニ思シニ、其《その》後昇進《しようじん》龍ノ雲ニ昇ルヨリモ速《すみや》カナリ。打継《うちつづき》、宰相、衛府督[1]、検非違使別当《ゐしのべつたう》、中納言ニ成テ、丞相《しやうじやう》ノ位ニ至リ、左右ヲ不レ経《へ》内大臣ヨリ大政大臣ニ上ル。兵仗《ひやうぢやう》ヲ賜テ、大将《だいしやう》ニアラネドモ随身ヲ召具《めしぐし》テ、牛車《ギッシャ》[2]、輦車《レンジャ》[3]ノ宣旨ヲ蒙テ、乗ナガラ宮中ヲ出入《いでい》ル。偏ヘニ執政ノ人ノ如シ。サレバ史記《しき》ノ月令《ぐわつりやう》ノ文ヲ引《ひき》御シテ、寛平《クワンびやうの》法皇ノ御遺誡《ごゆいかい》ニモ、「大政大臣ハ一人《いちじん》ニ師範《シハン》トシテ、四

海ニ儀形セリ。国ヲ治メ道ヲ論ジ、陰陽ヲ柔ゲ、其《その》人無[4]クハ即《すなはち》闕《カケ》ヨ」ト云ヘリ。是ヲ則闕《ソククヱツ》ノ官ト名付テ、其人ニ非ズハ可レ黷《ケガス》官ニテハ無レドモ、一天掌《たなごころ》ノ内ニアル上ハ、子細ニ不レ及。

相国ノカク繁昌スル事、偏ヘニ熊野権現ノ御利生也。其故ハ、清盛当初《そのかみ》靫負佐《ユキヱのすけ》《ユゲイ》タリシ時、伊勢路ヨリ熊野ヘ参ケルニ、乗タル船ノ中ヘ目驚《めをおどろかす》程ノ大《おほき》ナル鱸《スヾキ》飛入タリケルヲ、先達是ヲ見テ驚怪《アヤシミ》テ、即《すなはち》[5]巫文ヲシテミルニ、「是ハタメシナキホドノ御悦ナリ。是ハ権現ノ御利生也。忩《いそ》ギ養給フベシ」ト勘《かんがへ》申ケレバ、清盛宣ケルハ、「唐国ノ周西伯留《しうのセイハクシヤウ》[6]ト云ケル人ノ船ニコソ、白魚躍リ入タリケルトハ伝聞《つたへき》ケ。此《この》事イカヾ有ベカルラム。乍《さりながら》レ去先達計《はから》ヒ申サル、上ハ、半《なかば》権現ノ示《しめしたまふ》給ナリ。尤《もつとも》吉事ニテゾ有《ある》ラム」ト宣テ、サバカリ十戒ヲ持《たもち》、六情根ヲ懺悔《さんげ》シ、精進潔斎《ケッさい》シタル道ニテ彼《かの》魚ヲ調美《てうび》シテ、家子[7]、郎等、手振《てぶり》、強力《がうりき》ニ至マデ、一人モ不レ漏ラサ養ケリ。

又《またの》[8]年三十七ノ時、二月十三日ノ夜半計《ばかり》ニ、「口アケ〳〵」ト天ニモノイフ

1 「府」、底本「符」。改めた。
2 「牛」に声点④、「車」に声点⑦
3 「輦」に声点⑦、「車」に声点⑧
4 「無クハ即」に「ニ非ズハ異本」と傍書。
5 底本の「巫」の字のある行の上の余白に、「巫」という字が書かれている。「巫文」、長門本「置文」
6 「昌」の誤写か。長門本「富」
7 「家」と「等」の間に○印、「子郎」と傍書。
8 「又、年」とも読める。

ヨシ夢ニ見テ、驚テ現《ウツヽ》ニオソロシナガラ口ヲアケバ、「是コソ武士ノ精ト云《いふ》物ヨ。武士ノ大将ヲスル者《も》ノハ、天ヨリ精ヲ授《さづく》ル」トテ、鳥ノ子ノ様ナル物ノ極メテツメタキヲ三、喉《ノド》ヘ入《いる》ト見《みえ》テ、心モ武ク奢リハジメケリ。

サレバ熊野ヨリ下向後《げかうの》、打ツヾキ悦ノミ在テ、謗《ソシ》リハ一モ無リケリ。保元ニ事有テ、大国給テ大弐ニ成リ、平治ニ熊野詣シ給タリケル道ニ、事出来テ、参詣ヲ不レ遂ゲ道ヨリ下向シテ合戦ヲ致シ、其《その》功ニ依テ、親子兄弟大国ヲ兼ネ、[1]兼官兼職ニ任ジケル上《う》ヘ、三品《さんぼんの》階級ニ至《いたる》マデ、九代ノ前蹤《せんじよう》[2]ヲゾ越ラレケル。是ヲダニユヽシキ事ト思シニ、子孫ノ昇進ハ龍ノ雲ニ昇ルヨリモ猶速カナリ。カヽリシ程ニ、清盛仁安三年十一月十一日、歳五十一ニシテ病ニ侵《をか》サレテ、存命《ぞんめい》ノ為忽チニ出家入道ス。法名浄蓮ト申ケルガ、程ナク改名《かいみやう》シテ、浄海ト云《いふ》。出家ノ功徳ハ莫大《ばくたい》ナルニ依テ、宿病立所《たちどころ》ニ癒《い》ヘテ、天命ヲ全クス。人ノ従付《したがひつく》事、吹《ふく》風ノ草木ヲ靡《なびか》スガ如シ。世ノ普《あまね》ク仰《あふ》ゲル事ハ、降《ふる》雨ノ国土ヲ湿《うるほ》スニ不レ異ナラ。六波羅殿ノ一家《いつけ》ノ君達《きんだち》ト云テケレバ、花族《くわしよく》モ英雄《エイエウ》モ面《おもて》ヲ向へ、肩ヲ並《ならぶ》ル人無リケリ。サレバニヤ、平大納言時忠卿被レ申ケルハ、「此《この》一門ニ非ザル者ハ、男モ女モ法師モ尼モ、人非人タルベシ」トゾ被レ申ケル。サレバイカナル人モ、相構テ其《その》ユカリニムスボ、レントゾシケル。衣文《えもん》ノカキ様《やう》、烏帽子ノタメ様ヨリ始テ、何事モ六波羅様トテ、一天四海ノ人皆是《これ》ヲマナビケリ。

イカナル賢王聖主ノ御政モ、摂政関白《くわんばく》ノ成敗ヲモ、人ノキカヌ所ニテハ、ナニトナク代ニアマサレタルイタヅラ者ノカタブケ申《まうす》事ハ常習《つねのならひ》也。而ニ此《この》入道ノ世ザカリノ間ハ、人ノ不レ聞所ナレドモ、聊《いささか》モイルカセニ申《まうす》者ナシ。其《その》故ハ入道ノ謀《ハカリコト》ニテ、我《わが》一門ノ上《う》ヘヲ謗《そし》リ云フ者《も》ノヲ聞ントテ、十四五、若《もし》ハ十七八バカリナル童部《わらはべ》ノ、髪ヲ頸ノマハリニ切マハシテ、直垂、小袴キセテ、二三百人召仕ケレバ、京中ニ充満シテ、自《おのづか》ラ六波羅殿ノ上ヲアシザマニモ申者アレバ、是等ガ聞出シテ、吹毛《すいもう》[3]ノ咎ヲ求テ、行向テ即時ニ滅ス。オソロシナド申モ愚カ也。サレバ眼ニ見、心ニ知ルト云ヘドモ、詞ニ顕レテモノイフ者《も》ノ

1 「兼官兼職」、長門本「顕官けん職」
2 先蹤センセウ（易林本節用集）。ただし、第二中卅三「入道ニ頭共現ジテ見ル事」に、「先蹤」に「シウ」とルビ。
3 吹毛スイモウ（易林本節用集）

ナシ。上下恐《ヲヂ》ヲノヽキテ、道ヲ過ル馬、車モヨキテゾ通リケル。雖《ドモ》三出二入禁門一ヲ、不レ問二姓名《しやうみやう》一ヲ。京師[1]《ケイし》ノ長吏為《たメニ》レ之ガ側《そばム》レ目ヲトゾ見《みえ》タリケル。直事《ただこと》ニハ非《あらず》トゾミエシ。

其比《そのころ》、或人ノ申ケルハ、「抑此禿童《そもそもこのカブロわらは》コソ心得ネ。縦《たと》ヒ京中ノ耳聞ノ為ニ召仕ハルト云《いふ》トモ、只普通ノ童ニテモアレカシ。何ゾ必シモカブロヲソロフル。此等《これら》ガ中ニ一人モ闕ヌレバ入レ立テ、、三百人ヲ際《きは》トスルモ不審也。何様《いかやう》ニモ子細有《ある》ラン」ト云ケレバ、或儒者《ジユしや》ノ云《いはく》、「伝聞《つたへきく》、異国ニカヽルタメシ有ケリ。漢帝ノ御世ニ、王莽《わうマウ》大臣ト云《いふ》賢才殊勝ノ臣下有ケリ。国ノ位ヲ貪ラムガ為ニ謀ヲ廻ラス様ハ、海辺ニ出デ、亀ヲ幾千万ト云数ヲ不レ知ラ取集テ、其《その》亀ノ甲《かふ》ノ上ニ勝ト云字ヲ書テ、浦々ニ放《はなち》ヌ。又銅《あかがね》ノ馬ト人トヲ造テ、竹ノヨヲ通シテ是ヲ容《い》ル。近国ノ竹ノ林ニ多ク此ヲ被レ籠《こめられ》ケリ。然《しかる》後懐妊七月《ナヽつき》ノ女ヲ三百人召集テ、朱砂《しゆしや》ヲ煎ジテ曼薬ト云《いふ》薬ヲ合《あはせ》テ此ヲノマス。月満ジテ、産《ウメ》ル子色赤シテ、偏ヘニ鬼ノ如シ。彼《かの》童ヲ人ニ不レ知セシテ深山ニ籠《こめ》テ此ヲソダツ。ヤウ

〳〵生長《せいぢやう》[2]スル程ニ、歌ヲ作テ習ハシム。『亀ノ甲ノ上ニハ勝ト云文字アリ。竹ノ林ノ中ニハ銅ノ人馬アリ。王莽天下ヲ可レ持《たもつ》験《しるし》ナリ』ト。カクシテ十四五計《ばかり》ノ時、髪《カミ》ヲ肩ノマハリニ切廻シテ都ヘ出スニ、此等拍子ヲ打テ、三百人同音ニ此《この》歌ヲ謡《うた》フ。此気色《けしき》不二普通一之間、人怪《あやしみ》テ帝ニ奏聞ス。即《すなわち》彼《かの》童ヲ南庭ニ被レ召。先ノ如《ごとく》ニ拍子ヲ打テ此《この》歌ヲ謡《うた》ヒ、庭上《ていしやう》ニ参リ臨ミケレバ、頗《すこぶる》叡慮莫レ不《ずと》レ云コト怪《けしか》ラ。即《すなはち》公卿僉議有テ、歌ノ実否《じつぷ》ヲ糺《ただ》サムガ為ニ、浦々ノ海人《あま》ニ仰テ亀ヲ召《めす》。其中《そのうち》ニ甲ノ上ニ勝ノ字書ケル亀アマタアリ。又近隣ノ竹ノ林ヲ求ルニ、其中ニ銅ノ人馬多ク取出セリ。帝此《この》事ヲ驚思食テ、忩《いそ》ギ御位ヲ避《さ》リ、王莽ニ被レ授ケニケリ。天下ヲ持《たもち》テ十八年トゾ承ハル。サレバ入道モ此事ヲ表シテ、三百人被ル二召仕一ニコソ。位ヲモ心ニ懸テヤオハスラン、難レ知《しりがたし》」トゾ申ケル。

1　「京」に声点⑦
2　生長セイヂヤウ（易林本節用集）

五　清盛ノ子息達官途成事

入道我身ノ栄花ヲ極ルノミニアラズ、嫡子重盛内大臣ノ左大将、二男宗盛中納言右大将、三男知盛三位中将、四男重衡蔵人頭《くらうどのとう》、嫡孫惟盛四位少将、舎弟頼盛正二位大納言、同《おなじく》教盛中納言、一門《いちもんの》公卿十余人、殿上人三十余人、諸《しよ》国《こくの》受領、諸衛府《しよゑふの》[1]妻要所司、都合八十余人、代《よ》ニハ又人モナクゾ見《みえ》ケル。

奈良御門《ならのみかどの》御時、神亀五年戊辰中衛大将《ちうゑのだいしやう》ヲ被二始置一タリシガ、大同四年中衛ヲ改テ近衛大将《こんゑのだいしやう》ヲ被二定置《さだめおかれてより》一以降《コノカタ》、左右ニ兄弟相並《あひならぶ》事僅ニ三ケ[2]度也。初《はじめは》平城《へいぜい》天皇《てんわうの》御宇、左ニ内麻呂内大臣左大将、田村丸大納言右大将。次文徳天皇御《つぎにもんどくてんわうの》宇斉衡《さいカウ》二年八月廿八日、閑院贈大政大臣《かんゐんのゾウだいじやう》冬嗣ノ二男染殿関白大政大臣良房《ヨシふさ》忠仁公内大臣左大将ニ御任有テ、同《おなじき》九月廿五日五男西三条左大将良相公大納言右大将。次朱雀院《つぎにしゆじやくのゐんの》御宇天慶八年十一月廿五日小一条関白大政大臣貞信公嫡男小野宮関白実頼清慎公内大臣左大将《さだいしやうに》御任有《あり》、二男九条右大臣師輔公関白大納言右大将。次冷泉院《つぎにれいぜいのゐんの》御宇左頼通宇治殿、右頼宗堀河殿、共ニ御堂関白道長公ノ公達也。近《ちかく》ハ二条院《にでうのゐんの》御宇永暦元年[3]九月四日法性寺殿関白大政大臣忠通公御息、左《ひだりに》松殿基房公、右《みぎに》月輪殿関白大政大臣兼実公、同《おなじき》十月右ニ並《ならび》御ス。

其時ノ落書《らくしよか》歟トヨ、

伊与サヌキ左右ノ大将トリコメテヨクノ方ニハ一ノ人カナ

是皆摂録臣《せつろくの》ノ御子息也。凡人《はんじん》ニヲイテハ未其例《いまだそのためし》ナシ。上代ハカウコソ近衛大将ヲバ惜《をしみ》ヲハシマシテ、一ノ人ノ君達バカリナリ給シカ、是ハ殿上ノ交リヲダニ嫌ハレシ人ノ子孫ノ、4禁色雑袍《キンジキザツパウ》ヲユリテ、綾羅錦繍《レウラキンセウ》ヲ身ニ纏《マト》ヒ、大臣ノ大将ニ成上テ、兄弟左右ニ相並ブ事、末代ト云ヘドモ不思議ナリシ事共也。

1 「妻要」の右に「本マ、」と傍書。長門本この語なし。「最要の所司」か。
2 「三」、長門本「五」
3 「九」の右に「十イ」と異本注記。
4 「禁」に声点⑦、「色」に声点④、「雑」に声点④、「袍」に声点①

六　八人ノ娘達之事

御娘達八人御坐キ。其モ取々ニ幸《さきは》ヒ給ヘリ。

一ハ桜町《さくらまちの》中納言成範卿《しげノリのきやうの》北方《きたのかた》ト名付ラレテ八歳ナルヲハセシガ、平治ノ乱出来テ遂《とげ》ズシテヤミヌ。後ニハ花山院ノ左大臣ノ御台盤所《みだいばんどころ》ニ成給テ、御子アマタヲハシマシテ、万ヅ引替《ひきかへ》テ目出《めでた》カリケリ。其比《そのころ》イカナル者カシタリケム、

花山院ノ四足《よつあし》ノ扉《とび》ラニ書タリケルハ、

花ノ山タカキ梢トキヽシカドアマノ子共[1]カフルメヒロフハ

此《この》成範卿ヲ桜町中納言ト云ケル事ハ、此《この》人心スキ給ヘル人ニテ、東山ノ山荘《さんザウ》ノ町々ナリケルニ、西、南ハ町ニ桜ヲ殖《うゑ》トヲサレタリ。北ニハ栗《モミヂ》ヲ殖ヘ、東ニハ柳ヲ殖ラレタリケル。其中《その》ニ屋ヲ立《たて》テ住《すみ》給ケリ。来《きた》レル年ノ春毎ニ花ヲ詠ジテ、サク事ノ遅ク、散ル事ノ程ナキヲ歎テ、花ノ祈リノ為ニトテ、月ニ三度必ズ泰山府君《たいさんぶくん》[2]ヲ祭リケリ。サテコソ、七日ニチルナラヒナレドモ、此《この》桜ハ三七日マデ梢ニ残リアリケレ。西、南ノ惣門ノ見入《みいれ》ヨリ桜見エケレバ、異名《いみやう》ニ桜町中納言トゾ申ケル。桜待中納言トモ云ケルトカヤ。花下《はなのもと》ニノミヲハシケレバ、桜本中納言トモ申ケリ。サレバ君モ賢王ニ御坐セバ神モ神徳《しんとく》ヲ耀《かかや》カシ、花モ心アリケレバ廿日ノ齢《よは》ヒヲ延《のべ》ケリ。イヅ方ニ付《つけ》テモ数奇《すき》タル心アラハレテ、ヤサシクゾ聞ヘシ。

[3]二ニハ内大臣重盛公ノ御子トス。即《すなはち》后ニ立《たち》給ヘリ。皇子御誕生アリシカバ、

皇太子ニ立《たち》給。万乗ノ位ニ備《そなはり》給テ後ハ、院号有テ建礼門院ト申《まうす》。大政入道《だいじやうにふだうの》娘、天下国母《てんがのこくも》[4]ニテ御坐シ上ハ、トカク申ニオヨバズ。

三ハ六条摂政殿ノ北政所《きたのまんどころ》ニテヲハシマシヽガ、高倉院御位時《たかくらのゐんのおんくらゐの》御母代《おんははしろ》トテ、三公《さんこう》ニ准《ナゾラフ》ル宣下アテ、人重ク思ヒ奉ル。後ハ白河殿ト申。

四ハ右兵衛督信頼卿《のぶよりのきやうの》息新侍従信親朝臣《あそんの》妻、後ニハ冷泉大納言隆房《たかふさの》北方ニテ、其《それ》モ御子アマタヲハシキ。

五ハ近衛入道殿下《てんがの》北政所ナリ。

六ハ七条修理大夫信隆卿《のぶたかのきやうの》北方。

七ハ安芸厳島内侍《あきのいつくしまのないしが》腹也ケルガ、十八ノ年、後白河院ヘ参給テ、女御ノ様ニテヲハシケリ。此外九条院雑士《このほかくでうのゐんのざふし》常葉ガ腹ニ一人御シキ。花山院ノ左大臣ノ御許ニ御台盤所ノ親クヲハスレバトテ、上﨟女房ニテ、廊御方《らうのおんかた》ト申ケルトカヤ。内侍ハ後ニハ越中前司盛俊相具《あひぐし》ケルトゾ聞ヘシ。

日本秋津島ハ僅ニ六十六ケ国、平家知行ノ国三十余ケ国、既ニ半国ニ及ベリ。

1 「子共カ」、長門本「子なれや」
2 「府」、底本「符」。改めた。
3 底本一字空きで追い込み。校訂に際して改行した。以下同じ。
4 「天」と「国」の間に○印、右に「下」と傍書。

其上《そのうへ》庄園田畠《でんばく》其《その》数ヲ不レ知。綺羅充満シテ、堂上《たうしやう》花ノ如シ。軒騎群集《ケンキくんじゅ》シテ、門前成レ市ヲ。楊州《やうじう》ノ金、荊岫《ケイシウ》ノ玉《ぎよく》、呉郡《ごキン》ノ綾、蜀江《ショクかう》ノ錦、七珍万宝《しつちんまんぼう》一トシテ闕《かけ》タル事ナシ。歌堂舞閣ノ基《もとゐ》、魚龍雀馬《ぎよりようしやくば》ノ翫物《もてあそびもの》、帝闕モ仙洞モ争《いかで》カ是ニハ過《すぐ》ベキト、目出《めでたく》ゾ見エシ。

昔ヨリ源平両氏朝家《てうか》ニ召仕ハレテ、皇化ニ不レ随ハ、朝憲ヲ軽《かろん》ズル者ニハ、互ヒニ誡《いましめ》ヲ加ヘシカバ、代ノ乱《みだれ》モ無リシニ、保元ニ為義切ラレ、平治ニ義朝誅《うたれ》[1]テ後ハ、末々ノ源氏少々アリシカドモ、或ハ流サレ、或ハ誅《ウタ》レテ、今ハ平家ノ一類ノミ繁昌シテ、頭《かし》ラヲサシ出ス者ナシ。何《いか》ナラム末ノ代マデモ何事カアルベキト、目出ゾ見エシ。

1　誅うつ（キリシタン版落葉集）

七　義王義女之事

其比《そのころ》都ニ白拍子《しらびやうし》二人アリ。姉ヲバ義王、妹ヲバ義女トゾ申ケル。天下第一ノ女ニテゾ有ケル。此レハ閉《とぢ》ト云シ白拍子ガ娘ナリ。凡ソ白拍子ト申《まうす》ハ、鳥羽院ノ御時、島ノ千歳、若前《わかのまへ》ト云ケル女房ヲ、水旱《すいかん》、袴ニ立烏帽子《たてえぼし》キセテ、刀《かた》ナサ、セナドシテ舞ハセ初ラレタリケルヲ、近来《ちかごろ》ヨリ水旱ニ大口許《ばかり》ニテ、髪ヲ高クユハセテ舞ハセケリ。彼ノ義王、義女ヲ大政入道召ヲカレテ被レ愛《あいせ》ケルニ、殊ニ姉ノ義王ヲバワリナク幸《さきは》ヒ給ケレバ、人々上下、入道殿ノ御気色ニ随テモテナシカシヅキケル事限リナシ。在所猿体《さるてい》ニシツラヒテ、由アルサマニテ居《すゑ》ラレタリ。貞能ニ仰付《おほせつけ》テ、母妹ナドニモサルベキ様ニ家造テ、彼ノ徳ニテ不足ナシ。毎日ニ十疋《じつぴき》十石ヲ被レ送ケリ。其上《そのうへ》折節ニ付テ当ラレケレバ、ユカリノ者共マデタノシミ栄ヘケリ。是ヲ見聞《みきく》人ウラヤマズト云事無シ。

カクノミ目出《めでた》カリシホドニ、其比《そのころ》又都ニ白拍子一人出来タリ。ミメ、形、有様ヨリ始テ、天下ニ無《なき》レ並ビ優女ニテゾ有ケル。名ヲバ仏ケトゾ申ケル。入道ノ義王ヲモテナサレケルヲ見聞テ、「ヨモサリトモ空《むなし》ク帰サル、事ハアラジ。能ナドヲバ愛給ハンズラム」ト思テ、或時推参ヲゾシタリケル。侍共入道殿ニ、「仏ト申テ、当時都ニ聞《きこえ》候白拍子ノ、只今参テ候」ト申ケレバ、「サヤウノ遊ビ者《も》ノハ人ノ召ニヨリテコソ参レ。無二左右一参ル条不思議ナリ。其《その》上義王御前ノ有ン所ニハ、仏モ神モ不レ可レ然。トク〳〵罷帰《まかりかへる》ベシ」トゾ宣ヒケル。此《この》上ハ力オヨバズシテ罷出ケルヲ、義王御前聞テ入道殿ニ申ケルハ、「イカニヤ、アレニハスゲナクテハ帰サセ給ゾ。アレラ体《てい》ノ遊者《あそびもの》ノ習、メサレネドモ加様《かやう》ノ所ヘ参ルハ常ノ事ニテ候《さぶらふ》。御見参ニ不レ入シテ罷帰ルハ、イカニ本意《ほい》ナク思候ラム。『義王ガ御所ヘ推参シテ、御目モミセラレマイラセデ帰ニケリ』ト人ノ申サムモ不便《ふびん》ニ覚ユ。今コソカク御目ヲミセラレマイラセズトモ、必シモ人ノ上ト覚候ハズ。心ノ中《うち》被二思遣一候ニ、可レ然《しかるべく》ハ召返シテ、見参シテ帰サセヲハシマセ。我身ノ面目ト思候ベシ」ト申ケレバ、入道宣ケルハ、「コハイカニ。彼ヲスサメテ帰シツルハ、御前《ごぜん》ノ心ヲタガヘジトテコソカヘシツレ。サヤウニ申《まうす》ホドナラバ、召帰セ」トテ、呼カヘサセテ出合給タリ。「カヤウニ見参スルホドナラバ、ナニ、テモ能アルベシ」ト宣ケレバ、仏ハ取モアヘズ、

　君ヲハジメテミルオリハ千代モヘヌベシヒメコ松

御所ノ前ナルカメヲカニツルコソムレヰテアソブナレト云《いふ》今様ヲ、ヲシカヘシ〳〵、三反《さんべん》マデコソウタヒケレ。入道此《これ》ヲ聞給テ、「今様ハ上手ニテヲハシケリ。舞ハイカニ」ト宣ケレバ、「仰《おほせ》ニ随テ」トテ立タリケリ。大方ミメ、事ガラ、勢《セイ》、有様《アリサマ》ハサテヲキツ、物カゾヘタルコハザシヨリハジメテ面白シ。当時名ヲ得タル白拍子也。年ノ程十八九許《ばかり》也。サシモスサメテ追返シ給ツルニ、入道殿二心《ふたごころ》モナク見給ケリ。義王ハ入道殿ノ気色ヲ見奉テ、ヲカシク覚テ、少シ打咲《うちゑみ》テ有ケリ。入道イツシカツイタチテ、未ダ舞モハテヌサキニ、仏ガコシニ抱キ付テ、帳台ヘ入レ給ケルコソケシカラネ。サテ申ケルハ、「イカニヤ加様ニヲハシマスゾ。ワラハガ参テ候ツルニ、見参叶ハズシテ空ク帰リ候ツレバ、ナニシニ推参シ候ヌラムト世ノ人ノ聞テ、『サレバコソ。遊者ノ恥ノナサハ、メサレヌ所ヘ参テ、御目モミセラレズシテ追返サレマイラセタリ』ト申沙汰セラレムズラムト心憂クオボエ候ツレバ、イヅクノ浦ヘモマカリ行ント、今日ヲ限リニハテヌベク候ツルヲ、実ヤラム、義王御前ノ強《あながち》ニ申サセ給テ、召返サセ給タリトコソ承候ヘ。ワラハガ為ニハ世々《せぜ》生《しやう》々《じやう》ノ奉公ナリ。イカヾ忽《たちまち》ニ此《この》恩ヲ忘レテ、心ノ外《ほか》ノ事ハ候ベキ。義王御前ノ思給ハムモ恥カシ。能ニ付テノ仰《おほせ》ハ、イカニモ背クベカラズ。ナメテナラヌ御事ハ、ユメ〳〵思食《おぼしめし》留リ給ヘ」トゾ申ケル。入道宣ケルハ、「義王イカニ云《いふ》トモ、浄海ガ聞入ザラムニハ、ナジカハ呼返スベキ」トテ、イカニ申セドモ、仏モ力及バズシテ、明ルモ晩《く》ル、モシラズ、幸《さきはひ》臥給ヘリ。

猿程《さるほど》ニ、ハカナキ世ノ習ニテ、色ミエデ[1]ウツロフモノハ世中ノ人ノ心ノ花ナレバ、只一スヂニ仏ニ心ヲウツシ、ハテハ義王ヲスサメテ、「今ハトク罷リ出ベシ」ト宣ケルゾ情ナキ。人行向テ此由ヲ義王御前ニ申ケレバ、聞《きく》ヨリハジメテ、心憂シナド申モ中〳〵愚カ也。今マデ入道殿目ミセ給ツレバ、上下諸人《しよにん》モテナシカシヅキツル事、只夢トノミ覚タリ。「加様《かやう》ナル遊者ナレバ、必ズサテシモ長ラヘハテ給ハジ。終《つひ》ニハカクコソアランズラメ」ト思ヘドモ、指当《さしあた》リテノ人目ノ恥《はづか》シサ、心ノアヤナサ、ナゴリノ悲シサ、トニカクニ推量《おしはから》レテ無慙也。悲ミノ涙セキアヘズ。此《これ》ヲ見給ケル人々ハ余処《ヨソ》ノタモトモ所《とこ》ロセクゾアハレナル。サテシモ有ベキナラネバ、此《こ》ノ日来《ひごろ》住ナレシ所ヲアクガレ出ルゾ悲シキ。涙ヲ押ヘテ、ソバナル障子ニカクゾ書付テ出ニケル。

　モエ出《いづる》モカルヽモオナジノベノ草イヅレカ秋ニアハデハツベキ

サテ里ニ帰リテ、義王母ニ泣々申ケルハ、「哀レ、我イカナル方ヘモミヤダテ、イカナル人ノ子トモナシ給ハデ、加様《かやう》ナ遊者トナシ置キ給テ、今ハカヽルウキ目ヲミセ給《たまふ》事ヨ。サモアラン人ヲ取居《とりす》ヘテ、我ヲ思捨給ハムハ力オヨバズ。同《おなじ》サマナル遊者ニ思替《おもひかへ》ラレヌル事ノ口惜サヨ。カヽル身ノ有様ニテ長ラフベキ契ニハアラネドモ、一旦ナレドモナノメナラズ不便《ふびん》ニシ給ツレバ、近《ちかき》モ遠モウラヤミテ、目出《めでた》カリツル事哉トテ祝ノタメシニモヒカレツル事ノ、イツシカカクノミナレバ、『サレバコソ。ホドナラヌ者ノ成ヌルハテヨ』ト云ハレムモハヅカシ。夢幻《ゆめまぼろし》ノ世ナレバ、トテモカクテモ有ナム。義女御前ガ候ヘバ、母ハソレヲタノミテウキ世ノ中ヲ渡リ給ヘ。ワラハニハ只身ノ暇《いとま》ヲタベ。イヅ

1　「テ」に声点⑧。さらに左上部に濁点。

クノ淵河ニモ沈ミナム」トゾ云ケル。妹ノ義女モ、「共ニコソ、イカニモ罷リ成ラメ。ヒトリ[1]向テ誰ヲタヨリニテカ明シ暮ラスベキ」ト悲ム。母申ケルハ、「未ダ行末ハル〴〵ノ人々ヲ先立テ、老オトロヘタル我身ノ残留テ、幾程ノ年ヲカ送ルベキ。或ハミタラシ河ニミソギシテ、神ヲカコツ習ヒ、或ハ望夫石ノウラミ、カヽルタメシ多ケレドモ、忽《たちまち》ニ身ナド投ル事ハ有ガタキ習也。又我モ諸共ニ身ヲナゲバ、各《おのおの》母ヲ殺ス罪有テ、五逆トカヤノ其一《そのひとつ》ニテ、オソロシキ地獄ニ落給ハムモツミフカシ。穴賢《あなかしこ》思《おもひ》止《とどま》リ給ヘ」ト制シ止メテ、三人一所ニ泣居タリ。天人ノ五衰モカクヤト覚エテ哀也。

猿程《さるほど》ニ、入道ハ義王ニ当リ給ツルニハサシ過テ、花ヤカニモテナサレケレバ、目出《めでた》サ申《まうす》ハカリナシ。親シキアタリマデ日ニ随テタノシミヲ成ス。義王ハ入道ノアハレミ給ツルホドハ楽ミニホコリテ、世間ノ事モ支度ナシ。捨ラレテ後ハ、一スヂニ思沈テ、是ヲ営ム事ナシ。サレバ次第ニ衰ヘケリ。此ヲ見、彼ヲ聞《きく》人ノ、心有《ある》モ心無《なき》モ、涙ヲ流シ、袖ヲシボラヌゾ無リケル。

猿程《さるほど》ニ年モ已ニ暮ヌ。明ル年ノ春ノ比《ころ》、「入道殿ヨリ」トテ義王ガ許《もと》ヘ御使アリ。「何事ナルラム」トアヤシミ思《おもふ》トコロニ、「是ニアル仏御前ガ余リニツレ〴〵ゲニテアルニ、参テ能共ホドコシテミセヨ。サルベキ白拍子アラバ、余《あま》タ具足シテ可レ参」トゾ宣ケル。義王是ヲ聞テ、又母ニ申ケルハ、「有シ時、ヨク思トリテ候シモノヲ許シ給ハズシテ、今加様《かやう》ノ事ヲ聞カセ給事ノ悲シサヨ。タトヒ参ゼザラム咎ニ、都ノ外ヘ移サル、カ、又命ヲメサル、カ、是二《このふたつ》ニハヨモ過ジ。中〳〵サモアラバアレ。恨有マジ」トテ、御返事モ申サズ。「イカニ〳〵」ト、押返《おしかへし》度々メサレケレドモ猶参ラズ。入道腹ヲ立テ、「参ルマジキカ、今度申切レ。相計フ《はから》旨有《あり》」ト、ニガ〳〵シク宣タリ。此ヲ聞テ、母泣々義王ニ申ケルハ、「イカニヤ参リ給ハヌゾ。思切リシヲ制シ止メ奉リシモ、老ノ身ニウキ目ヲミジ[2]ガ為也。ソレニ今参リ給ハヌモノナラバ、忽《たちまち》ニウキ目ヲミセ給ベシ。只生テノ孝養《けうやう》、是ニ如《シク》ベカラズ。忩《いそ》ギ参給テ後、サマヲヤツシテ、何《いか》ナラム片《か》タ辺《ほと》リニモ草ノ庵リヲ結テ、念仏申テ後生ノ祈リヲシ給ヘ」ナド、

1 「向」、「止」の誤写か。
2 「シ」に声点⑥

クドキケレバ、是ヲ聞テ、義王ハ母ノ思ノ悲サニ、心ナラズ出立ケリ。我身、妹ノ義女、又若キ白拍子二人、惣ジテ四人《よつたり》、一《ひとつ》車ニ取乗テゾ参リケル。

車ヨリ下テ指入《さしいり》タレバ、未ダアリシニモカハラヌ御所ノ有様、ナツカシトモ云《いふ》ハカリナシ。サテ内ヘ入タレバ、入道殿、仏御前ヲ始テ、子息アマタ並《ナミ》居給ヘリ。此《この》義王ヲバ梴《えん》ニヲカレテ、一所ニダニヲキ給ハデ、今一ナゲシサガリタル所ニゾ居《す》ヘラレケル。是ニ付テモ悲ノ涙セキアヘズ。心ノ中ニハ母ヲノミゾ恨ケル。重盛、宗盛已下《いげ》ノ人々、目モ当ラレズシテ、サバカリカタブキ申サレケレドモ、不二力及一。「イカニ〳〵、何事ニテモトク〳〵」ト宣ケレバ、義王ハ、「参ルホドニテハ、サテシモ有ベキナラネバ」ト思テ、今様ノ上手ニテ有ケレバ、

仏モ昔ハ凡夫《ぼんぶ》ナリ我等《われら》モ終《つひ》ニハ仏ナリ
何《いづ》レモ三身仏性具《さんじんぶつしやうぐせ》ル身ヲヘダツルノミコソ悲ケレ

ト、押返《おしかへし》〳〵、三反《さんべん》マデコソ歌ヒケレ。是ヲ聞ク人、ヨソノタモトモ所ロセ

キテ、仏御前モトモニ泪ヲ流シケリ。サレドモ入道ハ少シモ哀ヲカケ給ハズ。マシテ泣《なく》マデハ思モヨラズ。暫ク有テ、入道イカヾ思ハレケム、会釈モ無テ内ヘ入給ヌ。

其後《そののち》義王ハ人々ニ暇申テ、泪ト共ニゾ出ニケル。宿所ニカヘリ、母ニ向テ申ケルハ、「サレバコソ、ヨク参ラジト申ツルヲ。母ノ仰ノ重クシテ参タレバ、ウキ目ミル事ノ悲シサヨ」トテナキヰタリ。

サテ其後《そののち》世ノ人、「入道殿ステハテ給ヌ」ト聞ケレバ、心ニク、思テ、我モ〳〵ト文ヲカヨハシ、縁ニ付テ契ヲ結ブベキ由申ケレドモ、不㆓聞入㆒シテ、義王ハ廿二、義女ハ廿、母ハ五十七ニテ一度ニサマヲカヘテ、皆墨染ニ成ツヽ、嵯峨ノ奥ナル山里ニ、草ノ庵ヲ引結《ひきむすび》、三人一所ニ籠居《こもりゐ》テ、偏ニ後生《ごしやう》浄土、往生極楽ト祈ル外《ほか》他事無テ、既ニ三月許《ばかり》ニ成ケルニ、アル夜、夜半《やはん》[1]バカリニ庵ノトボソヲ、ホト〳〵ト叩ク者アリケリ。此《この》人々思ケルハ、「コハナニモノニテカ有《ある》ラン。都ニモサルベカリシ人々モ皆カレハテヽ、誰ㇾ事トフベシトモ覚

1　底本「々」。改めた。

エズ。カヽル柴ノ庵リノスマヰナレバ、ナニノタヨリニカ尋ヌベキ。サナクハ後生菩提ヲ妨《さまたげ》ムトテ、天魔ナドノ来《きた》ルヤラム。ナドカハ山神《やまのかみ》トカヤモアハレミ給ハザルベキ。サリナガラモ」トテ、オヅ〳〵柴ノ編ミ戸ヲアケタレバ、「イカニヤ。イタクナ怖《おぢ》[1]給ヒソ」トテ指入《さしいり》タルヲミレバ、仏御前ニテゾ有ケル。「サテモイカニ、コノ日来《ひごろ》ノ御心ノ中共《うちども》ハ」トバカリ云テ、泪モセキアヘズゾ泣ケル。其《その》時義王ハ更ニウツヽトモ覚エズ、只夢ノ心地シテ、野干ナドノバケテ来《きた》ルヤラム、オソロシナガラ、義王申ケルハ、「其後《そののち》ハナニハノ事モ覚エズシテ、ヨロヅアヂキナクノミ有シカバ、只一筋ニ思切テアカシクラス草ノ庵ヲバ、イカニシテ聞伝テヲハシタルゾ」ト申ケレバ、仏、泪ヲ押ヘテ、「サレバコソ。ワラハガ入道殿ヘ推参シテ、御気色アシクテ罷帰リシヲ、ソレニ申サセ給ケルニヨリテ、召シカヘサレタリシカバ、思《おもひ》ノ外《ほか》ニ入道殿ニ見参ニ入ニキ。猿程《さるほど》ニ、入道殿心ヨリ外ノ気色ニヲハセシカバ、アマリニ浅猿《あさまし》ク覚テ、『只今入道殿ニ見参ニ入ルモ、ソレノ御故ニコソ候ヘ、イカヾハウシロメタナキ事ハ候ベキ』ト、サシモイナミ奉リシカドモ、女ノ身ノハカナサハ、思ノ外ノ事共ノ有キ。『タトヒサリトモ、アレ体《てい》ノ人ノ習ナレバ、一スヂニハ思給ハジ、アマタヲコソ見給ハンズラメ』ト思シホドニ、其《その》義モ無テ、打捨奉リシ事ノアヘナサ、申《まうす》ハカリ無リキ。余リニ心苦シカリシカバ、度々申《まうし》シカドモ不レ叶ハ。コレヲ人ノ上ト思ハザリシカバ、又イカナル人ニカト、ナニハノ事モアヂキ無テ、『只身ノ暇ヲタベ』ト申《まうし》シカドモユルシ給ハザリシカバ、昨日ノ昼程ニ、隙《ひま》ノ有シニ逃出テ候也。諸共ニ後生ヲ祈リ、此ノ日来《ひごろ》ノ恨ヲモ休メ奉ラントテ、ウハノ空ニ、イヅ方トシモ分カズ迷《マドヒ》行《アリキ》候ツルホドニ、思カケザル道行人、『サヤウノ人ハコノ奥ニコソ』ト申《まうし》候ツレバ、是マデ尋参タリ。御心ヲキ給ベカラズ。吾レモカヤウニ成タリ」トテ、カヅキタルキヌヲ引ノケタレバ、尼ニゾ成タリケル。義王申ケルハ、「是程ニ志ノ不レ浅ラヲハシケル事ヨ。実ニ加様《かやう》ノタメシハ皆先世ノ事ナレバ、人ヲ恨ミ奉ルニ不レ及。只身ノ程ノツタナサヲコソ思シカドモ、凡夫ノ習ノウタテサハ、思ハジトスレドモ恨ミラレシ事モ

1 怖オヅ（類聚名義抄）

時々有ツルナリ。カク契ヲ結ビ給ハン上ハ、イカヾ心ヲヲキ奉ルベキナレバ、懺悔《さんげ》シツルゾ」トテ、隔テナク四人《よつたり》[1]一所ニ勤メ行ヒテ、終《つひ》ニ仏道ヲ遂《とげ》ニケリ。

サテコソ、後白河法皇ノ長講堂ノ過去帳ニハ、今モ義王、義女、仏、閉トハ読レケレ。「義王ハ恨ムル方モアレバ、サマヲヤツスモ理也。仏ハ当時ノ花ト、上下万人ニモテナシカシヅカレテ、豊カニノミ成マサリ、人ニハウラヤミヲコソナサレツルニ、サリトテ年モ僅ニ廿《ハタチ》ノウチゾカシ。是程ニ思立ケル心ノ中ノ恥カシサ、類《たぐ》ヒ少クゾ有ン」トテ、見聞《みきく》人ノ袂ヲ絞ラヌハ無リケリ。

サテ入道殿ハ仏ヲ失テ、東西手ヲ分テ尋ヌレドモ叶ハズ。後ニハカクト聞給ケレドモ、出家シテケレバ不ニ力及一。サテヤミ給キ。

1　四人 Yottari（日葡辞書）

八　主上々皇御中不快之事
付二代ノ后ニ立給事

鳥羽院御晏駕《アンガ》[1]ノ後ハ兵革《ひやうがく》打ツヾキ、死罪、流刑《ルケイ》、解官《げくわん》、停止《ちやうじ》[2]常ニ被レ行テ、海内《かいだい》モ不レ静《しづかな》ラ、世間モ落居セズ。就レ中永暦、応保ノ比《ころ》ヨリ、内ノ近習《きんじゅ》ヲバ院ヨリ御誡《おんいましめ》アリ、院ノ近習ヲバ内ヨリ御誡アリ。カヽリシカバ高《たかき》モ賤《いやしき》モ恐レ怖《をのの》[3]キテ安キ心ナシ。深淵ニ臨《のぞん》デ薄氷ヲ踏《ふむ》ガ如シ。其《その》故ハ内ノ近習者《きんじゆしや》経宗、惟方ガ計《はからひ》ニテ、法皇ヲ軽《かろ》シメ奉リケレバ、大《おほき》ニ不ルレ安ラ事ニ思食《おぼしめし》テ、清盛ニ仰テ阿波国、土佐国[4]ヘ被レ流ニケリ。

猿程《さるほど》ニ、又主上《しゆしやう》ヲ咒咀《しゆそ》シ奉ル由聞ヘ有テ、賀茂上《かものかみ》ノ社ニ主上ノ御形ヲ書テ、種々《しゆじゆ》ノ事共ヲスル由、実長卿聞出テ奏聞セラレタリケレバ、巫《かんなぎ》男一人搦取テ、事ノ子細ヲ召問《めしとふ》ニ、「院ノ近習者資長卿ナド云格勤《いふかくごん》ノ人々ノ所為也」ト白状シタリケレバ、資長卿、修理大夫解官セラレヌ。又時忠卿[5]、妹小弁殿高倉院恨《うらみ》奉《たてまつら》セケル時、過言シタリシトテ、其《その》前年解官セラレタリケリ。加様《かやう》ノ事共行相《おこなひあひ》テ、資時、時忠二人、応保二年六月廿三日一度ニ被レ流ニケリ。

又法皇多年《たねん》御宿願ニテ、「千手観音千体《せんたいの》御堂《みだう》ヲ造ラム」ト思食《おぼしめし》、清盛ニ仰《おほせ》テ備前国ヲモテ被レ造ケリ。長寛二年十二月十七日御供養アリ。行幸成《ぎやうがう》シ奉ラムト法皇被二思食一ケレドモ、主上、「ナジカハ」トテ、御耳ニモ聞入サセ給ハ

1 底本「宴」。改めた。「宴」に声点①
2 「停止」、長門本「停任」
3 怖をのゝく（キリシタン版落葉集）
4 「土佐国」、長門本「長門国」。愚管抄も「長門国」
5 愚管抄巻五には、「又時忠ガ高倉院ノ生レサセ給ヒケル時、イモウトノ小弁ノ殿ウミマイラセケルニ、ユヽシキ過言ヲシタリケルヨシ披露シテ、マエノ年解官セラレニケリ」とある。

ザリケリ。寺官勧賞《じくわんのくわんしやう》[1]被レ申ケレドモ、其《その》御沙汰ニモ不レ及バ。親範ガ職事《しきじ》奉行シケルヲ御堂ノ御所へ召シ、「勧賞ノ事ハイカニ」ト被二仰下一ケレバ、「親範ガ計《はからひ》ニテハ候ハヌ」由申テ、畏《かしこまり》テ候ケレバ、法皇御泪ヲ浮《うけ》サセ給テ、「何ノニクサニ、カホドマデハ思食シタルラム」ト仰《おほせ》ノ有ケルコソ哀ナレ。此《この》堂ヲ蓮花王院トゾ名付ラレケル。胡摩《こまの》僧正行慶ト云シ人ハ、白河院ノ御子也。三井《みゐの》門流ニハ左右ナキ有智《うち》徳行ノ人ナリケレバ、法皇殊ニ憑ミ思食テ、真言ノ御師ニテヲハシケルガ、此御堂ヲバ殊ニ取沙汰《とりさた》シ給テ、千体《せんたいの》中尊ノ丈六ノ面像《めんざう》ヲバ自《ミづから》キザミ顕ハサレタリケルト承《うけたまはる》コソ目出《めでた》ケレ。主上上皇父子ノ御中ナレバ、何事ノ御隔《へだて》カ有ベキナレドモ、加様《かやう》ニ御心ヨカラヌ御事共多カリケリ。是モ世澆季《ゲウキ》[2]ニ及ビ、人凶悪ヲ先トスル故也。

主上ハ上皇ヲモ常ニハ申返サセ給ケル。其中《そのうち》ニ人耳目《じぼく》ヲ驚シ、世以テ傾《かたぶ》キ申ケル御事ハ、故近衛院ノ后、太皇后宮《たいくわうこうぐう》ト申《まうす》ハ、左大臣公能公御娘、御母ハ中納言俊忠《としただの》娘ナリ。中宮ヨリ皇太后宮《くわうたいこうぐう》ニアガラセ給ケルガ、先帝ニ後《おく》レマイラセ、九重ノ外《ほか》近衛河原ノ御所ニ、先帝ノ故宮《こきゅう》ニフルメカシク幽《かす》カナル御有様也。永暦、応保ノ比《ころ》ハ、御年廿二三ニモヤ成ラセ給ケム、御サカリモ少シ過サセ給ケレドモ、此《この》后天下第一ノ美人ノ聞エ渡ラセヲハシマシケレバ、主上二条院御色ニノミ染メル御心ニテ、世ノ謗リヲモ御カヘリミ無リケルニヤ、好色ニ[3]叙シ御シテ、外宮ニ引求シムルニ及テ、忍ツヽ御艶書《えんじょ》[4]アリ。后敢テ聞食入《きこしめしいれ》サセ給ハネバ、ヒタスラ穂ニ出デマシ〳〵テ、「后入内有ベキ」由、父左大臣家ニ宣旨ヲ被レ下。此《この》事天下ニヲイテ殊ナル勝事《しょうじ》ナリケレバ、忩《いそ》ギ公卿僉議アリ。「異朝ノ先蹤《せんじょう》[5]ヲ尋ヌレバ、則天皇后ハ、太宗、高宗両帝ノ后ニ立給ヘル事アリ。則天皇后ト申《まうす》ハ、唐ノ太宗ノ后、高宗皇帝ノ継母《けいぼ》也。太宗ニ後レ奉テ、尼ト成テ盛業寺ニ籠《こもり》給ヘリ。高宗ノ宣ク、『願クハ、宮室ニ入テ[6]政ヲ扶《タスケ》給ヘ』ト。天使五度来ルト云ヘドモ敢テ随ヒ給ハズ。爰《ここ》ニ帝已ニ盛業寺ニ臨幸アテ、『朕敢テ 私《ワタクシ》ノ志ヲ遂ムトニハ非ズ。只偏ヘニ天下ノ為ナリ』ト。皇后更ニ勅ニナビク詞ナシ。『先帝ノ他界ヲ訪《とぶら》ハムガ為ニ、適《たまたま》釈門ニ入レリ。再ビ

1 勧賞クワンシヤウ（伊京集・易林本節用集等）。第一本二「得長寿院供養事」にも「クハンシヤウ」

2 「澆」に声点⑥

3 「好色ニ叙シ御シテ」、長門本「高力士に詔して」、盛衰記「高力士ニ詔シテ」。長恨歌伝、「詔高力士潛捜外宮」によるものであろう。

4 「艶書」、「艶御書」とあり、「御」をすりけしにして、その上に「一」を引く。

5 先蹤センセウ（易林本節用集）。ただし、長門本の当該箇所は「せんしう」。第二中卅三「入道ニ頭共現シテ見ル事」にも、「先蹤」に「シウ」とルビ。

6 「入」が行頭にあり、さらに前行末にも「入」と書き、すりけしにする。

塵象[1]ニ不レ可レ帰』ト被レ仰ケルニ、皇帝内外ノ君平[2]ニ文籍《ぶんせき》[3]ヲ勘《かんがへ》テ、強ヰテ還《くわん》幸《かう》ヲ進ムト云ヘドモ、皇后確然《クワクねん》トシテ黐ラズ。爰ニ扈従《コショウ》[4]ノ群公等、横《ヨコシマ》ニ取奉ルガ如クシテ都ニ入奉レリ。高宗在位三十四年、国静ニ民楽メリ。皇后ト皇帝ト二人政ヲ摂《をさ》[5]メ給シ故ニ、彼ノ御時ヲバ二和《にくわ》御宇ト申キ。高宗崩御ノ後、皇帝ノ后、女帝トシテ位ニ即《つき》給ヘリ。其《その》時ノ年号ヲ神功《じんコウ》元年ト改ム。周王ノ孫《そん》ナル故ニ、唐ノ代ヲ改テ、大周則天大皇帝ト称ス。爰ニ臣下歎テ云ク、『先帝ノ高宗、代ヲ経営シ給ヘル事、其功績《そのこうセキ》[6]古今類《たぐ》ヒ無シト可レ謂《いひ》ツ。天子無キニシモ非ズ、願クハ位ヲ太子ニ授給テ、高宗ノ功業ヲ長カラシメ給ヘ』ト。仍《よつて》在位廿一年ニシテ、高宗ノ子中宗皇帝ニ授給ヘリ。即《やがて》[7]代ヲ改テ、又大唐神龍元年ト称ス。則《すなはち》吾朝《わがてう》文武天皇慶雲二年乙巳歳ニ当レリ。両帝ノ后ニ立給事、異国ニハ其例《そのためし》有ト云ヘドモ、本朝ノ先規ヲ勘《かんがふ》ルニ、神武天皇ヨリ以来《このかた》人皇七十余代、然而《しかれど》モ二代ノ后ニ立給ヘル其例ヲ聞及バズ」ト、諸卿一同ニ僉議シ申サレケリ。

法皇モ此事《このこと》ヲ聞食《きこしめ》シテ、不レ可レ然之由度々申サセ給ケレドモ、主上仰《おほせ》ノ有ケルハ、「天子ニ父母《ぶも》ナシ。我《われ》万乗ノ宝位ヲ忝《カタジケナク》セム日ハ、ナドカ是程ノ事、叡慮ニ任セザルベキ」トテ、既ニ入内ノ日尅マデ宣下セラレケル上ハ、子細ニ及バズ。后此事《このこと》聞食テヨリ、無レキ侶《タグヒ》事ニ被二思食《おぼしめされ》一テ、引カヅキテ伏給ヘリ。御歎ノ色深《ふかく》ノミゾ見エサセ給ケル。実《まこと》ト覚テ哀ナリ。「先帝ニ後《おく》レマイラセラレシ久寿ノ秋ノ初ニ、同《おなじ》草葉ノ露トキエ、家ヲモ出デ世ヲモ遁レタリセバ、カヽルウキ事ハ聞ザラマシ。口惜《くちをしき》事哉《かな》」トゾ被二思召一ケル。父左大臣ナグサメ申サレケルハ、「世ニ随ハザルヲ以テ狂人トスト云ヘリ。既ニ詔命ヲ被レ下タリ。子細ヲ申《まうす》ニ所ナシ。只偏《ひとへ》ニ愚老ヲ助サセ御《おはしま》サムハ、孝養御計《けうやうのおんはからひ》タルベシ。又此《この》御末ニ皇子御誕生[8]アテ、君モ天下《てんが》ノ国母《こくも》ニテモヤ御坐ム。愚老モ外祖父ト云《いは》ルベキ。家門ノ栄花ニテモヤ候ラム。大方カヤウノ事ハ、此《この》世一ツノ事ナラヌ上、天照大神《てんせうだいじん》ノ御計《はからひ》ニテコソ候ラメ」ナド、様々《さまざま》ニ誘《こしら》ヘ申サセ給ケレドモ御返事モ無リケリ。只御泪ニノミ咽バセ給テ、カクゾスサマセ給ケル。

ウキフシニシヅミモハテヌ河竹ノ世ニタメシナキ名ヲヤ流サム

1 「寰」の誤りか。長門本「衆」、盛衰記「裏」、闘諍録「界」、四部本「寛」
2 「君平ニ文籍」、長門本「群籍」、四部本「郡籍」。底本「君平」は「羣」を誤読したか。
3 「籍」に声点③
4 「従」に声点⑦
5 摂ヲサム（類聚名義抄）
6 「績」に声点③
7 四部本巻一「額打論」等に、「即」にヲコト点「テ」を附す。
8 「生」に声点②

世ニハイカニシテ漏聞《きこえ》ケルヤラム、哀ニヤサシキ事ニゾ申ケル。

既ニ入内ノ日時定《さだまり》ニケレバ、父大臣、供奉ノ上達部《かんだちめ》、[1]出車ノ儀式、常ヨリモメヅラシク、心モ詞モ及バズ出シ立テマイラセ給ヘリ。后ハモノウキ御出立ナリケレバ、トミニモ出サセ給ハズ。遙ニ夜深《ふ》ケ、サヨモ半《なかば》過テゾ御車《みくるま》ニハ扶ケ乗セラレ給ケル。殊更色アル御衣ハメサヾリケリ。白キ御衣十四五バカリゾメサレタリケル。御入内ノ後ハ、ヤガテ[2]恩ヲカブラセ給テ、麗景殿《レイケイでん》ニゾ渡ラセ給ケル。朝政ヲ進メ申サセ給フ。清涼殿ノ[3]画図《グハト》ノ御障子ニ月ヲカキタル所アリ。近衛院未ダ[4]幼年帝ニテ渡ラセ給ヒケル当初《そのか》ミ、何トナク御手マサグリニ[5]カキクモラカサセ給ケルガ、少《すこし》モ昔ニカハラデ有ケルヲ御覧ゼラレケルニ、先帝ノ昔ノ御面影思食出《おぼしめしいで》サセ給テ、御心所《ところ》セキテカクゾ思食ツヾケサセ給ケル。

　思キヤウキ身ナガラニメグリ来テ同ジ雲井ノ月ヲミムトハ

此《この》間ノ御ナカラヘ哀ニタグヒ少クゾ聞エシ。其比《そのころ》ハ是ノミナラズ、加様《かやう》ノ思ノ外《ほか》ノ事共多カリケリ。

1　「出」に声点③

カヽル程ニ永万[6]元年ノ春ノ比ヨリ、主上二条院御不予《フヨ》ノ事御坐ト聞《きこえ》シガ、其《その》年ノ夏初《なつのはじめ》ニナリシカバ、事ノ外《ほか》ニヨハラセ給ニキ。是ニ依テ大膳大夫紀兼盛ガ娘ノ腹ニ、今上《コンじやうの》[7]一ノ御子二歳ニナラセ給《たまふ》王子御坐シヲ、皇太子ニ立セ給ベキ由聞《きこえ》シ程ニ、六月廿五日俄ニ親王ノ宣旨ヲ下サレテ、ヤガテ其《その》夜位ヲ譲奉ラセ給ニキ。ナニトナク上下周章《あわて》タリシ事共也。我朝[8]童[9]帝《わがてうトウタイ》[10]ノ例ヲ尋ルニ、清和天皇九歳ニテ、父文徳《もんどく》天皇ノ御譲ヲ受サセ給シヨリ始レリ。周[11]公旦《シユウクダン》ノ成王《セイわう》ニ代《かはり》ツヽ、南面ニシテ一日[12]万機ノ政ヲ行《おこなひ》給シニ准《なずらへ》テ、外祖忠仁公幼[13]主《エウシユ》ヲ扶持シ給キ。摂政又是ヨリ始レリ。「鳥羽院五歳、近衛院三歳ニテ御即位アリシヲコソ、トシト人思ヘリシニ、是ハ僅ニ二歳、未ダ先例ナシ、物騒《さわが》シ」ト云ヘリ。

九　新院崩御之御事

永万元年六月廿七日ニ新帝御即位ノ事アリシニ、同《おなじき》七月廿八日ニ新院御年廿三ニテ失《うせ》サセ給キ。新院トハ二条院《にでうのゐんの》御事ナリ。御位サラセ給テ三十余日也。

2 「恩」に声点⑦
3 「画」に声点⑧
4 「幼年帝」、長門本「幼帝」
5 「カキクモラカサセ」、長門本「かきくもらせさせ」
6 底本「満」。改めた。
7 「今」に声点①、「上」に声点⑧
8 「朝」の下の「ノ」を見せ消ち。
9 「童」に声点⑦、「帝」に声点⑦
10 「ノ例ヲ尋ルニ」、「帝」の右下に「ハ」とあり、「ハ」の左に○印をして、「ノ例ヲ尋ルニ」と傍書。長門本は訂正前の延慶本に同じ。
11 「周」に声点⑤、「公」に声点⑤、「旦」に声点⑧
12 「日」に声点③、「万」に声点②
13 「幼」に声点①

天下憂喜《うき》[1]相　交《まじはり》テ、取敢《とりあへ》ザリシ事也。

同八月七日、香隆寺ニ白地《アカラサマ》ニ宿《ヤド》シ進《まゐら》セテ後、彼《かの》寺ノ艮《ウシトラ》ニ蓮台野ト云所ニ奉レ納。八条中納言長方卿其《その》時大弁宰相ニテ御坐ケルガ、御葬ノ御幸ヲ見奉テ、

ツネニミシ君ガ御幸《ミユキ》ヲケサトヘバ帰ラヌ旅ト聞《きく》ゾカナシキ

忠胤僧都ガ秀句モ此時《このときの》事也。

七月廿八日、イカナル日ゾヤ。去ヌル人不レ帰。香隆寺、イカナル所ゾヤ。

御出《ぎよしゆつ》アリテ還御ナキ。

哀ナリシ事共ナリ。

近衛院《こんゑのゐんの》大宮ハ、二代ノ后ニ立給ヒタリシカドモ、又此《この》君ニモ後《おく》レマイラセサセ給シカバ、ヤガテ御グシオロサセ給ケルトゾ聞エシ。高《たかき》モ賤《いやし》キモ定《さだめ》ナキ世ノタメシ、今更《いまさらに》哀也。

1　憂喜ウキ（易林本節用集）

御葬送ノ夜、興福寺、延暦寺ノ僧徒、額立論ヲシテ、互ニ狼籍ニ及ベリ。国王ノ崩御有テ御墓《ミハカ》ヘ送奉ル時ノ作法、南北二京ノ大小僧徒等悉《ことごとく》供奉シテ、我《わが》寺々ノ[1]額ヲ打《うつ》。南都ニハ東大寺、興福寺ヲ始トシテ、末寺々々相伴ヘリ。東大寺ハ聖武天皇ノ御願《ごぐわん》、諍フベキ寺ナケレバ一番ナリ。二番《にばんに》、大織冠、淡海《たんかい》公《こうの》氏寺興福寺ノ額ヲ打テ、南都《なんとの》末寺々々次第ニ立並タリ。興福寺ニ向テ、北京ニハ延暦寺ノ額ヲ打ツ。其外《そのほかの》山々寺々、アナタコナタニ立並タリ。今度御葬送之時、延暦寺《えんりやくじの》衆徒事ヲ乱《みだり》テ、東大寺ノ次、興福寺ノ上ニ神《かう》ヲ立ル間、山階寺《やましなでらの》方ヨリ東門院《とうもんゐんの》衆徒西金堂《さいこんだうの》衆、土佐房昌春ト申ケル堂衆、三枚甲[2]ニ左右《さう》ノ小手差テ、黒革威《くろカハをどし》ノ大荒目ノ鎧、草摺長《くさずりなが》ナル一色ザヾメカシテ、茅《ち》ノ葉ノ如ナル大長刀ヲ以テ、或ハ凍《こほ》リノ如ナル太刀ヲヌキテ走出テ、延暦寺ノ額ヲマ逆《サカサマ》ニ伐リタヲシテ、「ウレシヤ水、ナルハタキノ水」トハヤシテ、興福寺ノ方ヘ入ニケリ。延暦寺ノ衆徒先例ヲ背テ狼籍ヲ致セバ、即座[3]ニ手向ヒアルベキニ、心深思《ふかくおもふ》事有ケレバ、一詞《ひとことば》モ出サズ。抑《そもそも》一天ノ君、万乗ノ主《あるジ》世ヲ早

1　「ノ」と「額」の間に「験ニハ神ヲ立」と書写し、見せ消ち。消された「神」には「カウ」とルビがあり、「本マ、」と傍書。長門本では「のしるしに行を立額をうたれしに三条院の御時よりうたれさりしをはしめて額たてあり南都は」と続く。
2　底本「牧」。改めた。
3　「致セハ」と「即座」の間に、「即セハ」とあり、見せ消ち。

クセサセ給シカバ、心ナキ草木マデモ猶愁《うれへ》タル色不レ浅ラコソ有ケムニ、カヽルアサマシキ事ニテ、式散々トシテ、高《たかき》モ賤《いやしき》モ、誰ヲ得《う》トシモ無レバ、四方ニ退散ス。或ハ蓮台野、船岡山ノ溝ニゾ多《おほく》走入ケル。ヲメキ叫ブ声、雲ヲヒヾカシ地ヲ動ス。誠ニオビタヽシクゾ聞エケル。

十一　土佐房昌春之事

大和国ニ[1]針《はりの》庄ト云所アリ。此《この》庄ノ沙汰ニ依テ、西金堂ノ御油[2]代官小河四郎遠忠ガ打《うちとどむる》留間、興福寺上綱《こうぶくじのじやうかう》侍従ノ五師快尊ヲ率《ソツ》シテ、件《くだんの》針庄へ打入テ、小河四郎ヲ夜討ニス。土佐房昌春元ヨリ大和国住人也。侍従五師、大衆ヲ語《かたらひ》テ昌春ヲ追籠テ、「御榊ノ[3]餝《かざり》奉テ洛中へ入《いれ》奉テ、奏聞ヲ経べシ」トテ、衆徒等発向スル処ニ、昌春数多《あまた》ノ凶徒ヲ卒シテ、彼《かの》榊ヲ散々ニ伐捨ケリ。大衆弥《いよいよ》蜂《ホウ》起《き》シテ訴《ウツタへ》申《まうす》間、昌春ヲ公家ヨリ召《めす》ニ、敢テ勅ニ不レ従ガハ。時ニ別当兼忠ニ仰テ、御聖断《セイだん》有べキ由昌春ニ被二仰下一。就レ之昌春令二上洛一《しやうらくせしむる》之処ニ、即《やがて》兼忠

1　以下、延慶本略述のため、人物の関係および事件の経緯がよくわからない。途中まで長門本を参考に引く。「抑かのしやう春南都をうかれける事は、興福寺領針庄といふ所あり。さんぬる仁安の比、衆徒代官を入たりけるを、西金堂の御紬衆の代官として、小河四郎遠忠といふ者、せひなく庄務をうちとゝむるあひた、衆徒の中より侍従五郎快尊をさしつかはして、遠忠からんはうを押えさす。その時西金堂衆土佐房昌春、数輩の悪徒を語ひて、遠

ニ仰テ、昌春ヲ召取テ、其時大番衆《そのときのおほばんしゆ》土肥二郎実平ニ被レ預ケ。月日ヲ送ル程ニ、土肥二郎ニ親ク成タリケルトカヤ。随テ[4]又公家ニモ御無沙汰ニテ御坐シケリ。「南都ニハ敵人《てきにん》コハクシテ還住《げんぢう》セム事難カリケレバ、重テ南都ノスマヰモ今ハ叶マジ。流人兵衛佐殿コソ末《す》ヱタノモシケレ」ト思テ、伊豆《いづの》北条ニ下テ、兵衛佐ニ奉公シタリケリ。心ギハ、サル者ニテ有ケレバ、兵衛佐身ヲハナタズ被二召仕一ケリ。兵衛佐、治承四年ニ院宣、高倉宮ノ令旨《レイジ》[5]ヲ給《たまはり》テ、謀叛《ムホン》ヲ起シ給シ時、昌春二文字《にのもんじ》ニ洪鴈《オホかりがね》[6]ノ文《もん》ノ旗《ハタ》ヲ給ハリ、キリ者ニテ有ケル間、人ノ申ケルハ、「春日大明神ノ罰ヲ蒙ルベカリケル者ヲヤ」ト申ケルニ、後ニ鎌倉殿ヨリ、「九郎大夫判官討《ウテ》」トテ、京都ヘ差上セラレタリケルニ、討損《うちそんじ》テ北ヲ差テ落ケルガ、鞍馬ノ奥僧正ガ谷ヨリ搦《からめ》取ラレテ、六条河原ニテ首《かうべ》ヲ刎ラレケル時、「遅速ゾ有ケル、明神ノ罰ハ怖シキ事哉」トゾ人申ケル。

忠を夜うちにして、すなはちかの庄をわうりやうせんとけつこうするあひた、しゆとしやう春をおいこめて、子細をそうもんのために、御榊をさきにたてたてまつりて、上らくするよし聞えければ、昌春多勢をそつして、彼御榊をさん〳〵にきりすてたてまつりてけり。これによりて、しゆといよ〳〵いきとをりを成て、しやう春をめしとりて、きんこくせられへきよしうつたへ申あひた、長者より時の別当けんちう僧正におほせてめされけれ共、昌春あえて事ともせす。しかるあひた、これをこしらへて、しやう春か申ところそのいはれあるか、くはしく聞召て御成敗あるへきよし、かさねて仰下さるゝあひた、昌春おめ〳〵と上洛したりけるを、寺家に仰つけてしやう春をめしとりて、大番衆土肥次郎実平にあつけられぬ。」

2 長門本「紬」。勉誠社版は「納」とし、校異に「鈾（宮・内）」を掲出。
3 底本虫損あり。「ヲ」か。
4 「随テ……ケリ」、長門本「又其後公家よりも御沙汰もなかりけれは」
5 令旨れうじ（書言字考本節用集）
6 「洪鴈」、長門本「むすひかりかね」

十二　山門大衆清水寺へ寄テ焼事

同《おなじき》八月九日ノ午尅バカリニ、山門ノ大衆下ルト聞《きこえ》ケレバ、武士、検非違使《けんびゐし》西坂本へ馳向《はせむかひ》タリケレドモ、衆徒神輿ヲ捧奉テ押破テ乱入ヌ。貴賤上下騒ギ罵《ののし》ル事斜メナラズ。内蔵頭平教盛朝臣布衣《ほうい》ニテ右衛門陣ニ候ハル。何者ノ云[1]出タリケルニヤ、「上皇、山ノ大衆《だいしゅ》ニ仰テ、平中納言清盛ヲ追討スベキ故ニ衆徒都へ入《いる》」ト聞《きこえ》ケレバ、平家《へいけの》一類六波羅へ馳集ル。上下周章《あわて》タリケレドモ、右兵衛督重盛卿一人ゾ、「何ノ故ニ、只今サルベキゾ」トテ静《しづめ》ラレケル。上皇大《おほき》ニ驚キ思《おぼしめし》食テ忩《いそ》ギ六波羅へ御幸ナル。平中納言清盛モ大ニ畏《かしこま》リ驚カレケリ。

山門《さんもんの》大衆清水寺へ押寄テ焼払ベキ由聞ケリ。去《いんじ》七日ノ会稽ノ恥ヲ雪《きよ》メントナリ。清水寺ハ興福寺ノ末寺ナル故ニテゾ有ケル。清水寺法師老少ヲ云ハズ起《おこり》テ、二手ニ分テ相待《あひまち》ケリ。一手《ひとて》ハ瀧尾ノ不動堂ニ陣ヲ取ル。一手ハ西門ニ陣ヲ取ル。山門ノ大衆搦手《からめて》ハ、久々目路、清閑寺、歌ノ中山マデ責来《せめ》ル。大手ハ覇陵ノ観音寺マデ責寄タリ。ヤガテ坊舎ニ火ヲ懸タリケレバ、折節西風ハゲシクテ、黒煙東ヘフキ覆テケレバ、清水寺法師一矢ヲ射《いる》ニ不ㇾ及、四方ニ退散ス。終《つひ》ニハ大門ニ吹付タリ。昔嵯峨天皇第三皇子門居親王《しんわうの》后、二条右大将坂上田村丸《たむらまろの》御娘春子《はるこの》女御、御懐妊《ごくわいにんの》御時、御産《ごさん》平安ナラバ、我《わが》氏寺ニ三重ノ塔ヲ組ベキ由御願《ごぐわん》ニテ建サセ給シ三重ノ塔、九輪《くりん》高ク耀《かかやき》シモ焼《やけ》ニケリ。児安塔《こやすのたふ》ト申《まうす》ハ是也。如何《いか》ガシタリケム、塔ニテ火ハ消《きえ》ニケレバ、本堂一宇バカリゾ残ケル。爰《ここ》[2]ニ無動寺法師ニ伯耆竪者《りつしや》乗円ト云《いふ》学生大悪僧ノ有ケルガ、進出テ僉議シケルハ、「罪業本《ざいごふもと》ヨリ所有ナシ。妄想顛倒《まうざうてんだう》ヨリ起ル。心性《しんしやう》源《みなもと》清ケレバ、衆生即《すなはち》仏也。只本堂ニ火ヲ懸テ焼《やけ》ヤ者共」ト申ケレバ、衆徒等、「尤々《もつとも》」ト申テ、火ヲ燃《とも》[3]シ、御堂ノ四方ニ付タリケレバ、煙リ雲井ハルカニ立昇ル。感陽宮ノ異朝ノ煙ヲ諍フ。一時ガ程ニ回禄ス。浅猿《あさまし》ト云《いふ》モ疎《おろか》也。

衆徒カク焼払テ返登《かへりのぼ》リケレバ、法皇還御《くわんぎよ》成ニケリ。右兵衛督重盛モ御送ニ被ㇾ参。右兵衛督御共ヨリ被ㇾ帰タリケレバ、父中納言清盛宣ケルハ、「法皇ノ入セ御坐《おはしまし》ツルコソ返《かへすがへす》々モ恐レ覚《おぼゆ》レ。サリナガラ聊《いささか》モ思食寄リ被ㇾ仰《おほせらるる》旨ノア

1　直前にある「候ハル」の下に〇印。二行後の「都ヘ入ト」のあとにある「何者ノ云出タリケルニヤ」に附された移動記号に従って移した。
2　「爰ニ」、行頭に〇印をして、その右に「爰ニ」とある。
3　燃トモス（類聚名義抄）

レバコソ、加様《かやう》ニモ漏レ聞《きこゆ》ラメ。其等《ソレラ》ニモ打解《うちとけ》ラルマジ」ト宣ケレバ、右兵衛督、「此《この》事ユメ〳〵御色ニモ御詞ニモ出《いだ》サセ給ベカラズ。人々心付《こころづき》テ、中〳〵アシキ事也。叡慮ニ背《そむき》給ハズ、人ノ為ニヨク御坐《おはしま》サバ、三宝《さんぼう》神明ノ御加護有ベシ。サラムニ取テハ、御身ノ恐《おそれ》アルマジ」トテ立給ヌ。「兵衛督ハユヽシク大様《おほやう》ナル者哉《かな》」トゾ、中納言宣ケル。

法皇還御ノ後、ウトカラヌ近習者共《ども》御前ニ候ケル中ニ、按察使入道資賢モ候ハレケリ。法皇、「サルニテモ、不思議ノ事云出《いひいだし》ツル者哉《かな》。何《いか》ナル者ノ云出ツラム」ト仰《おほせ》有ケレバ、西光法師ガ候ケルガ、「天ニ口ナシ、人ヲ以テイハセヨトテ、以《もつて》ノ外《ほか》ニ平家過分ニ成行ケバ、天道ノ御計《おんはからひ》ニテ」ト申ケレバ、「此事由ナシ。壁ニ耳アリト云《いふ》。オソロシ〳〵」トゾ人々申ケル。

サテモ清水寺焼タリケル後朝《こうてう》ニ、「火坑変成池《くわきやうへんじやうち》ハ何《いか》ニ」ト札《ふだ》ニ書テ、大門ノ前ニ立タリケレバ、次ノ日、「歴劫《りやくこふ》不思議是レ也」ト、返シ札ヲゾ立タリケル。何ナルアトナシ者ノシワザナルラムト、ヲカシカリケリ。

十三　建春門院ノ皇子春宮立事

永万元年、今年ハ諒闇《リヤウアン》[1]ニテ、御禊《ゴケイ》、大嘗会モ無シ。同年《おなじき》ノ十二月廿五日、東ノ御方ノ御腹ノ法皇ノ御子、親王ノ宣旨蒙ラセ給。今年ハ五歳ニゾ成ラセ給ケル。年来《としごろ》ハ被₂打籠₁テ御坐ツルガ、今ハ万機ノ政ワク方ナク法皇聞食《きこしめし》ケレバ、御慎ナシ。此《この》東ノ御方ト申《まうす》ハ、時信朝臣《ときのぶのあそんの》娘、知信朝臣孫ナリ。小弁殿トテ候給ケルヲ、法皇時々忍テ被レ召ケルガ、皇子位ニ即《つか》セ給テ後、院号有テ建春門院トゾ申ケル。相国[2]ノ次男宗盛、彼《かの》女院御子ニセサセ給タリケレバニヤ、平家殊ニモテナシ申サレケリ。

仁安元年、今年ハ大嘗会有ベキナレバ、天下其《その》営ミナリ。同年《おなじきとしの》十月七日、去年親王ノ宣旨[3]蒙ラセ給シ皇子、東三条殿ニテ東宮立《とうぐうだち》ノ御事アリケリ。春宮《とうぐう》ト申《まうす》ハ、常ハ帝《みかどの》御子也。是ヲバ太子ト申。又、帝ノ御弟ノ儲君《ちよくん》ニ備《そなは》ラサセ給事アリ。御弟ヲ大弟ト申。其ニ主上ハ御甥、僅ニ三歳、春宮ハ御叔父、六歳ニ成

1　「諒」に声点①、「闇」に声点⑤
2　「相国ノ次男宗盛」、長門本「相国の次男宗盛を」
3　「宣旨」、改丁行頭に○印をして、その右に「宣旨」とある。

ラセ給。「昭穆《ゼウモク》[1]相叶ハズ。物騒《ものさわがし》」ト云ヘリ。「寛仁三[2]年ニ一条院ハ七歳ニテ御即位アリ。三条院十三歳ニテ春宮ニ立給《たちたまふ》。先例ナキニ非《あらず》」ト人々申アハレケリ。

1 「昭」に声点⑥、「穆」に声点③
2 「三」に「二イ」と傍書。長門本「二」

十四　春宮践祚之事

六条院御譲ヲ受サセ給タリシカドモ、僅ニ三年ニテ、同年《おなじきとしの》二月十九日春宮《とうぐう》高倉院八歳ニテ大極殿ニテ践祚《センソ》アリシカバ、先帝ハ僅ニ五歳ニテ御位退《しりぞか》セ給テ、新院ト申テ、同《おなじき》六月十七日ニ上皇御出家アリ。後白河法皇トゾ申ケル。未ダ御元服ナクテ、御童形《とうぎやう》ニテ太上天皇ノ尊号アリキ。漢家《かんか》、本朝、是ゾ始ナルラムト、メヅラシカリシ事也。此《この》君ノ位ニ即《つか》セ御坐《おはしま》スハ、弥《いよいよ》平家ノ栄花トゾミエシ。国母《こくも》建春門院ト申《まうす》ハ、平家ノ一門ニテ御坐上ハ、トリワキ入道《にふだうの》北方二位殿《にゐどのの》御妹ニテ御坐ケレバ、相国ノ公達、二位殿ノ御腹ハ、当今《たうぎん》ノ御イトコニテムスボ、レ進《まゐら》セテ、ユ、シカリケル事共也。平大納言時忠卿ト申ハ、女院ノ御セウト、主上ノ御外戚《ごぐわいせき》[1]ニテ御坐ケレバ、内外《ないげ》ニ付《つけ》タル執権ノ人ニテ、叙位除目已下《いげ》、公家ノ御政、偏ニ此《この》卿ノ沙汰ナリケレバ、世ニハ平関白《へいくわんぱく》トゾ申ケル。当今御即位之後ハ、法皇モイトヾ分ク方ナク、万機ノ政ヲ被㆓知食《しろしめされ》㆒シカバ、院内《ゐんうち》ノ御中、御コヽロヨカラズトゾ聞エシ。

1　外戚ゲシヤク（伊京集・天正本節用集等）とも。第一本二「得長寿院供養事」には、「クワイセキ」とルビ。

十五　近習之人々平家ヲ嫉妬事

院ニ近ク被㆓召仕《めしつかはるる》㆒公卿、殿上人、下北面《げほくめん》ノ輩ニ至ルマデ、ホド〳〵ニ随テ、官位俸禄身ニ余ル程ニ朝恩ヲ蒙リタレドモ、人ノ心ノ習ナレバ、尚アキダラズ[1]覚エテ、此《この》入道ノ一類、国ヲモ庄ヲモ多塞《おほくふたげ》タル事目ザマシク思テ、「此人ノ亡タラバ、其《その》国ハ定テ闕《かけ》ナム、其庄ハアキナム」ト、心中ニ思ケリ。ウトカラヌドシハ、忍ツヽサヽヤク時モ有ケリ。法皇モ内々被㆓思食㆒ケルハ、「昔ヨリ今ニ至ルマデ、朝敵ヲ平《たいらぐ》ル者《も》ノ多ケレドモ、カヽル事ヤハアリシ。貞盛、秀郷ガ将門ヲ討テ、頼義ガ貞任、宗任ヲ滅シタリシ、義家ガ武衡ヲ攻タリシモ、

1　飽き足る Aqidaru（日葡辞書）

勧賞《くわんしやう》[1]行ハル、事、受領ニハ不レ過。清盛ガ指《さし》テシ出《いだ》シタル事モ無テ、カク心ノマ、ニ振舞《ふるまふ》コソ然ルベカラネ。此《これ》モ末代ニ成リ、王法《わうぼふ》ノ尽ヌルニヤ」ト、不レ安カラ被二思食一ケレドモ、事ノ次《ついで》無レバ、君モ御誡モナシ。又平家モ朝家ヲ怨奉ル事モ無テ有ケルホドニ、代ノ乱ケル根元ハ[2]、

1　勧賞クワンシヤウ（伊京集・易林本節用集等）。第一本二「得長寿院供養事」にも「クハンシヤウ」
2　底本「根元ハ」の下、行末まで空白。

十六　平家殿下ニ恥見セ奉ル事

去《いんじ》嘉応二年十月十六日ニ、小松内大臣重盛公二男、新三位中将資盛越前守タリシ時、蓮台野ニ出《いで》テ小鷹狩ヲセラレケルニ、小侍二三十騎バカリ打ムレテ、ハヒタカ[1]　アマタスヘサセテ、鶉、雲雀追立テ、終日《ひねもす》カリ暮サレケリ。折節雪ハハダレニ降タリ、枯野ノ景気面白カリケレバ、夕日山ノ端ニ傾テ、京極ヲ下リニ被レ帰ケリ。其時ハ松殿基房摂禄ニテ御座ケルガ、院《ゐんの》御所法住寺殿ヨリ中御門東洞院ノ御所ヘ還御成ケルニ、六角京極ニテ殿下《てんが》ノ御出《ぎよしゆつ》ニ資盛鼻ツキニ参リ会《あは》レタリ。越前守誇リ勇テ、代《よ》ヲ世トモセザリケル上、召具《めしぐし》タル侍共皆

十六七ノ若者ニテ、礼儀骨法《こつぱふ》ヲ弁《わきまへ》タル者《もの》ノ一人モ無リケレバ、殿下ノ御出トモ云ハズ、一切[2]下馬ノ礼儀モ無リケレバ、前駈《セングウ》[3]、御随身《ミズイジン》頻リニ是ヲイラツ。「何者ゾ、御出ノ成ルニ、洛中ニテ馬ニ乗ル程ノ者ノ下馬仕ラザルハ。速カニ罷留テ下《お》リ候ヘ」ト申ケレドモ、更ニ耳ニ不二聞入一、ケチラシテ通リケリ。闇《くら》[4]キ程ニテハアリ、御共ノ人々モツヤ〳〵入道ノ孫トモ不レ知ケレバ、資盛朝臣以下馬ヨリ引落《ひきおとし》、散々ニ[5]セラレニケリ。匍々《ハフ〳〵》[6]六波羅へ逃帰リ、「此事穴賢《このことあなかし》コ、披露スナ」ト警《いまし》メラレケレドモ、隠レ無リケリ。

入道ノ最愛ノ孫ニテハヲハシケリ、大《おほき》ニ怒テ、「設《たと》ヒ殿下ナリトモ、争《いかで》カ入道ガアタリヲバ憚リ思給ハザルベキ。少《をさな》[7]キ者ニ無二左右《さうなく》一恥辱ヲ与ヘテヲハスルコソ遺恨ノ次第ナレ。此事思知セ申サデハ、エコソ有マジケレ。カヽル事ヨリ、人ニハアナヅラルヽゾ。殿下ヲ怨《うらみたてまつら》奉バヤ」ト宣ケレバ、小松内府、「此事努々《ゆめゆめ》[8]有ベカラズ。重盛ナムドガ子共ト申サムズル者ハ、殿下ノ御出ニ参会《まゐりあひ》テ、馬ヨリモ車ヨリモ下《おり》ヌコソ、尾籠《をこ》ニテ候へ。サ様《やう》ニセラレ進《まゐら》スルハ、

1　底本二字分空白。
2　「切」に声点③
3　「前」に声点⑦、「駈」に声点⑧
4　闇クラシ（類聚名義抄）
5　底本二字分空白。長門本「恥辱におよふ」
6　底本「匍」。改めた。
7　少ヲサナシ（類聚名義抄）
8　努ユメ〳〵（類聚名義抄）

人数《ひとかず》ニ思召ル、ニヨテ也。此事還《かへり》テ面目ニテ非《あらず》ヤ。頼政、時光体《てい》ノ源氏ナムドニアザムカレタラバ、誠ニ恥辱ニテモ候ナム。加様《かやう》ノ事ヨリ代ノ乱《みだれ》トモ成ル事ニテ候。努力々々《ゆめゆめ》[1]不レ可二思食寄《おぼしめしよる》一」ト宣ケレバ、其後《そののち》ハ内府ニハカクトモ宣ハズ、片田舎ノ侍共ノコハラカニテ、入道殿ノ仰《おほせ》ヨリ外《ほか》[2]ニハ重キ事無シト思テ、前後モ弁《わきま》ヘヌ者共十四五人召寄《めしよせ》テ、「来《きたる》廿一日主上御元服ノ定《さだめ》ニ、殿下ノ参内《さんだい》有ムズル道ニテ待請《まちうけ》テ、前駈、随身等ガ本鳥切レ」ト下知《げぢ》セラレテ、又宣ケルハ、「殿下ノ御出ニ御随身廿人ニハヨモ過ジ。随身一人ニ二人ヅヽ付ケ。其中ニ相摸守通貞トテ、齢《よは》ヒ十七八計《ばかり》ゾ有ラム。彼ハ具平親王ノ末葉《ばつえふ》ニテ、父モ祖父モ聞《きこえ》タル甲《かふ》ノ者ナリ。通貞モ定テ甲ニゾ有《ある》ラム。彼ニハ兵十人付ベシ」トゾ云ハレケル。

其《その》日ニ成テ、中御門猪熊辺《ゐのくまのへん》ニテ六十余騎ノ軍兵ヲ卒シテ、殿下ノ御出ヲ待懸タリ。殿下ハカヽル事有《あり》トモ不二知食《しろしめさず》一、主上ノ明年ノ御元服ノ加冠拝官ノ為ニ、今日ヨリ大内ノ御直廬《チヨクロ》[3]ニ七日候ハセ御坐《おはします》ベキニテ有ケレバ、常ノ御出仕ヨリモ引ツクロハセ給テ、今度ハ待賢門ヨリ入内《じゆだい》アルベキニテ、何心モ無ク中御門ヲ西ヘ御出ナリケルニ、猪熊堀河ノ辺ニテ六十余騎ノ軍兵待請《まちうけ》進《まゐら》セテ、射殺シ切殺サネドモ、散々ニ懸散シテ、右ノ府生武光ヲ始トシテ、引落《ひきおとし》〳〵、十九人マデ本鳥《もとどり》ヲ切ル。十九人ガ中、藤蔵人大夫高範ガ本鳥ヲ切ケル時ハ、「是ハ汝ガ本鳥ヲ切ニハ非ズ。主《しゆう》ノ本鳥ヲ切ル也」ト云含メテゾ切ケル。

其《その》中ニ相撲守通貞ハ長《たけ》高ク色白キガ、手綱ヲクリシメテ左右ヲキト見ル。兵寄テ引落サムトシケレバ、懐ヨリ一尺三寸有ケル刀ノ柄[4]ニ馬ノ尾巻タルヲ抜出シテ、向フ敵ノ内甲《うちかぶと》ヲ指ケレバ、無二左右一《さうなく》寄ル者ナシ。馬ヨリ飛下テ、刀ヲ額ニアテ、兵ノ中ヲ打破リ、ソバナル小家ニ走入ケルヲ、兵ノ寄テ打留《うちとどめ》ムトシケレバ、立帰テ刀ヲモテ思サマニ切タリケレバ、取付《とりつか》ムトシケル者ノ小肘《こがひな》ヲ小手《こて》ヲ加ヘテツト切落シ、片織戸《かたをりど》ヲ丁《ちやう》ド立テ、後ロヘツト逃ニケレバ、ツヾイテ懸ル者モナシ。カヽリケレバ、通貞計《ばかり》ハ遁レテ、残リハ恥ニゾ及ビケル。

殿下ハ、御車《みくるま》ノ内ヘ弓ノハズヲアラヽカニツキ入〳〵シケレバ、コラヘカネ

1 「努」と「々」の間に○印をして、「力」を後補。ただし、当章段四行前及び第一本廿二「成親卿人々語テ鹿谷ニ寄合事」には、「努々々」とある。
2 「ハ」をすりけしにして「ニ」と訂し、さらに「ニ」と傍書。
3 「直」に声点③、「廬」に声点①
4 底本「鞆」。改めた。

テ落サセ給テ、アヤシノ民ノ家ニ立入セ給ニケリ。前駈、御随身モイヅチカ失《うせ》ニセム、[1]一人モ無リケリ。供奉ノ殿上人、或ハ物見《ものみ》打破ラレ、或ハ鞦《しりがい》ムナガヒ切放《はなた》レテ、蜘蛛ヲ散スガ如ク逃隠レヌ。六十余騎ノ軍兵《ぐんびやう》カヤウニシ散シテ、中御門面《なかのみかどのおもて》ニテ悦《よろこび》ノ時ヲバト作テ、六波羅ヘ帰リニケリ。入道ハ、「ユヽシクシタリ」ト被レ感《かんぜ》ケリ。

小松内大臣此《この》事ヲ聞テ、大ニサハガレケリ。「景綱、家貞奇怪ナリ。設《たと》ヒ入道イカナル不思議ヲ下知《げぢ》シタマフトモ、争《いかで》カ重盛ニ夢ヲバミセザリケルゾ」トテ、行向タリケル侍共十余人被二勘当一ケリ。「凡《およそ》ハ重盛ナドガ子共ニテアラム者ハ、殿下ヲモ重《おもん》ジ奉リ、礼儀ヲモ存ジテコソ有ベキニ、無《なく》二云甲斐一若キ者共召具シテ、加様《かやう》ノ尾籠《をこ》ヲ現ジテ、父祖ノ悪名《あくみやう》ヲ立ル、不孝ノ至リ独リ汝ニアリ」トテ、越前守ヲモ諫《いまし》[2]メラレケルトカヤ。惣ジテ此大臣《このおとど》ハ、何事ニ付テモ吉人《よきひと》トゾ代ニモ人ニモホメラレ給ケル。

其後殿下ノ御ユクヱ知《しり》マイラセタル者無リケルニ、御車副《みくるまぞひ》ノ古老ノ者ニ、淀《よどの》住人因幡ノ先使《サイツカヒ》国久丸ト申ケル男《をのこ》、下﨟ナリケレドモサカ〲シカリケル者ニテ、「抑《そもそも》吾君ハイカヾナラセ給ヌラム」トテ、コヽカシコ尋マイラセケルニ、殿下ハアヤシノ民ノ家ノ遣戸《やりど》ノキハニ立隠レテ、御直衣《おんなほし》モシホ〲トシテ渡ラセ給ケリ。国久丸只一人シリガヒ、ムナガヒ結ビ合セテ、御車仕《つかまつり》テ、是ヨリ中御門殿ヘ還御成《くわんぎよなり》ニケリ。ソノ御[3]　儀式、心憂シトモ愚也。摂政関白ノカヽルウキ目ヲ御覧ズル事、昔モ今モタメシアリガタクコソ有ケメ。是ゾ平家ノ悪行ノ始ナル。

明ヌル日、西八条ノ門前ニ作物《つくりもの》ヲゾシタリケル。法師ノ引《ひき》コシカラミテ、長刀《なぎなた》ヲ以テ物ヲ切ントスル景気ヲ作タリ。又前ニ石鍋《いしナベ》ニ毛立《けだち》シタルモノヲ置タリ。道俗男女門前市ヲナス。サレドモ心得ル者一人モナシ。「コハ何事ゾ」ト云《いふ》処ニ、歳五十余計リナル老僧指寄《さしより》テ、打見テ申ケルハ、「此《これ》ハ夜部《よべ》ノ事ヲ作タルニヤ」ト申セバ、「ソレハ何事ゾ」ト云《いふ》ニ、「夜部殿下ノ御出ナリケルヲ、平家ノ侍大炊ノ御門猪隈ニテ待請《まちうけ》マイラセテ、散々ト追散《おひちら》シテ、御車覆《クツガヘ》[4]シ、

1　「セ」、底本のまま。長門本「失たりけん」
2　諫イマシム（類聚名義抄）。長門本も「いましめ」
3　「御」の下、一字分空白。長門本「くわんきよの儀式」
4　底本「覆」に、「クツカヘシ」とルビ。「シ」の重なりを削除した。

前駈、御随身本鳥ヲ被レ切タリケルヲ作タリ。是ヲコソ、ムシ物ニアフテコシカラムト申《まうす》ハ」ト云ケレバ、一同ニハト咲《わらひ》ケリ。イカナル跡ナシ者ノシワザナルラムトヲカシカリケル事共ナリ。

十七　蔵人大夫高範出家之事

サテ前駈シタリケル蔵人大夫高範ハ、アヤナク本鳥切ラレタリケレバ、イカニスベキ様モ無テ、宿所ニ帰テ引カヅキテ臥タリケルガ、俄ニ、「大トノ井[1]ノ綾ヲリガ中ニ、目アカク[2]手キ、タル二人バカリ、キト[3]召テ進《まゐら》セヨ」ト云ケレバ、妻子共、「ナニヤラム」ト穴倉《おぼつかなく》思ケル処ニ、無レ程召テ参ケルヲ、妻子眷属ニモミセズ、一間《ひとま》ナル所ニ籠リ居テ、被レ切タリケル本鳥ヲカヅラ[4]ヲタヲシテ、一夜ノ中ニ結ビツガセテ、蔵人所ニ参リテ申ケルハ、「苟クモ武士ニ生レテ如《ごとく》レ形《かた》ノ弓箭ヲ取リ、重代罷リ過グ。其《その》日可レ然不祥ニ合タリ。然而《しかルニ》、身ニ束帯ヲマトヒ、爪切《きる》ホドノ小刀体《てい》ノ物ヲモ身ニシタガヘズ。人ニ手ヲカクルマデコソ無《なく》トモ、アタル所ノ口惜《くちをしき》目ヲ見《みん》ヨリハ、自害ヲコソ仕《つかまつる》ベカリシカドモ叶ハズ。剰《あまつさ》ヘ本鳥被レ切タリト云《いふ》不実サヘ云付ラレ、弓箭取《とる》者ノ可レ死所ニテ不レ死ガ致ス所《とこ》ロ也。則《やがて》[5]世ヲモ遁レ家ヲモ出ベケレドモ、無二左右《さうなく》一出家シタラバ、『本鳥切ラレタル事ハ一定《いちぢやう》ナリ』ト沙汰セラレム事、生々世々《しやうじやうせぜ》ノ瑕瑾《かきん》也。今一度誰々ニモ対面申サムト存ジテ参タリ。但憖《なまじひ》ニ人ナミ〳〵ニ世ニ立交《たちまじは》レバコソ、カヽル不実ヲモ云付ラルレ。思立タル事有《あり》」トテ、懐ヨリ刀ヲ取出テ本鳥押切テ、乱シ髪ニ烏帽子引入テ、袖打カヅキテ罷出《まかりいづる》コソ賢カリケルシ態《わざ》ナレ。

廿二日ニ、摂政殿ハ法皇ニ御参アリテ、「カヽル心ウキ目ニコソ逢テ候ヘ」ト、歎申サセ給ケレバ、法皇モ浅猿《あさまし》ト思食《おぼしめし》テ、「此《この》由ヲコソ入道ニモ云ハメ」トゾ仰《おほせ》有ケル。入道漏聞《もれきき》、「入道ガ事ヲ院ニ訴申サレタリ」トテ、又シカリ詈《ののし》リケリ。殿下カク事ニアハセ給ケレバ、廿五日院ノ殿上ニテゾ御元服ノ定《さだめ》ハ有ケル。

1　「ノ」の右に「舎」と傍書。
2　「カ」の右に「明」と傍書。
3　「キ」に「屹」と傍書。
4　「ツ」の右に「鬘」と傍書。
5　四部本巻一「二代后」などに、「則」にヲコト点「テ」を附す。

サリトテサテ有ベキナラネバ、摂政殿ハ十二月九日兼テ宣旨蒙セ給テ、十四日ニ大政大臣ニナラセ給《たまふ》。是ハ明年《みやうねんの》御元服ノ加冠ノ料也。同《おなじき》十七日、御拝賀アリ。ユ、シクニガリテゾ有ケル。

大政入道第二ノ娘、后立《きさきだち》ノ御定《おんさだめ》アリ。今年十五ニゾ成給ケル。建春門院ノ猶子《いうし》也。

十八　成親卿八幡賀茂ニ僧籠事

妙音院入道殿、其時者《そのときは》内大臣左大将ニテ御坐ケルニ、大政大臣ニナラセ給ハムトテ、大将ヲ辞《じし》申サセ給ケルヲ、後徳大寺ノ大納言実定、一ノ大納言ニテ御坐ケルガ、理運ニ充《あて》テ可ㇾ成給ㇾ之由聞《きこえ》ケリ。其外《そのほか》花山院ノ中納言兼雅卿モ所望セラレケリ。「殿三位中将《とののさんゐの》師家卿ナド申《まうす》、御年ノ程ハ無下《むげ》ニ少《わか》ク御坐《おはしま》セドモ、成給ハムズラム」ト世間ニハ申合ケル程ニ、故中御門中納言家成卿三男新大納言成親卿、平《ひら》ニ被ㇾ申ケリ。院ノ御気色《ごきしよく》ヨカリケレバ、様々ノ祈ヲ始テ、サリトモト被レ思ケリ。此事祈請《きせい》ノ為ニハ、或僧ヲ八幡ニ籠《こめ》テ、真読ノ大般若ヲ読セラレケルニ、半分バカリ読タリケル時ニ、瓦《かはらの》大明神ノ御前ナリケル橋ノ木ニ山鳩二《ふたつ》来テ、食合テ死ニケリ。鳩ハ大菩薩ノ侍者也。「宮仕《ぐうじ》[1]ニカヽル不思議ナシ」トテ、別当清浄[2]事ノ由《よし》公家ニ奏聞シタリケレバ、神祇官ニテ御占《みうら》アリ。「天子、大臣ノ御慎ニ非ズ。臣下ノ御慎」トゾ占申ケル。

是ノミナラズ、賀茂ノ上社《かみのやしろ》ニ七ケ日、鴨御祖社《かものみおやのやしろ》ニ七ケ日、忍テ歩行《かち》ノ日詣《ひまうで》ヲシテ、百度セラレケリ。「帰命頂礼《きみやうちやうらい》、別雷《わけいかづちの》大明神、所《しゆするところ》レ修納受シテ、所レ祈ニ答給ヘ」ト被レ祈ケルニ、第三日ニ当ル夜、詣テ下向シ給テ、中御門ノ宿所ニ亜相臥給タリケル夜ノ夢ニ、上《かみ》[3]ノ御前《みまへ》ニ候トオボシキニ、神風心スゴク吹下シテ、御宝殿ノ御戸《みと》ヲ屹《きつ》ト被二押開一タリケルニ、良暫《やや》ク有テ、ユヽシク気高《けだかき》女房ノ御音《こゑ》ニテ、一首ノ歌ヲゾ被レ詠ケル。

サクラ花賀茂ノ河風ウラムナヨチルヲバエコソ留メザリケレ

成親卿夢中ニ打歎テ驚カレケリ。

1 底本の「宮仕」では意不通。長門本「宮寺」。石清水の神宮寺のことと見て、「ぐうじ」と読む。
2 「清浄」、長門本・闘諍録「浄清」、覚一本「匡清」。四部本「精進潔済」
3 「上」の右に「神歟」と傍書。

是ニモ不レ憚、上ノ社ニハ仁和寺俊堯法印ヲ籠テ、真言《しんごんの》秘法ヲ行ケリ。下《しもの》若宮《わかみや》ニハ三室戸《みむろどの》法印ヲ籠テ、吒枳尼天《だぎにてん》ヲ被レ行ケルホドニ、七日ニ満《まん》ズル夜、俄ニ天ヒヾキ、地動クホドノ大雨フリ、大風吹テ、雷鳴テ、御宝殿ノ後ノ相木《すぎのき》ニ雷落カヽリ、天火燃付テ、若宮ノ社焼《やけ》ニケリ。神ハ非例ヲ稟《ウケ》[1]給ハネバ、カヽル不思議出来ニケルニヤ。成親卿是《これ》ニモ思知ザリケルコソ浅猿《あさまし》ケレ。

1　同じ行の上、余白に、「享《ウケ》」と書き込みあり。

十九　主上御元服之事

猿程《さるほど》ニ嘉応三年正月三日、主上《しゆしやう》御元服セサセ給テ、十三日朝覲《てうきん》ノ行幸《ぎやうがう》トゾ聞エシ。法皇、女院ハ御心モトナク待請進《まちうけまゐら》セ給フ。新冠《うひかうぶり》ノ御体《おんすがた》[1]モ良《らう》タクゾ渡《わた》セ給ケル。

三月ニハ、入道相国ノ第二《だいにの》御娘、女御ニ参給テ、中宮ノ徳子トゾ申ケル。法皇御猶子ノ儀也。

七月ニハ相撲節《すまひのせち》アリ。重盛右ニ連《つらなり》ヲハシケレバ、「近衛大将《こんゑのだいしやう》ニ至ラムカラニ、容儀身体《しんだい》[2]サヘ人ニ勝《すぐれ》給ヘルハ」ト申アヒケルトカヤ。加様《かやう》ニ讃奉《ほめ》テ、セメテノ事ニヤ、「末代ニ相応セデ、御命ヤ短ク御坐《おは》セムズラム」ト申アヒケルコソ、[3]イマハシケレ。御子達、大夫《だいぶ》、侍従、羽林ナド云テ、余《あま》タ御坐シケルニ、皆優ニヤサシク花ヤカナル人ニテ御坐ケル上、大将《だいしやう》ハ心バヘヨキ人ニテ、子息達ニモ詩歌管絃ヲ習ヒ、事ニフレ由アル事ヲゾ勧メ教ラレケル。

1 体スガタ（易林本節用集）
2 身体シンダイ（饅頭屋本節用集）
3 「イ」の右に「忌」と傍書。

二十　重盛宗盛左右ニ並給事

猿程《さるほど》ニ、此比《このころ》ノ叙位除目ハ平家ノ心ノマヽニテ、公家、院中ノ御計《おんはからひ》マデモ無シ、摂政関白《くわんぱく》ノ成敗ニテモ無リケレバ、治承元年正月廿四日ノ除目ニ、徳大寺殿、花山院、中将殿モ成給ハズ。況《いはんや》新大納言、思《おもひ》ヤヨルベキ。入道ノ嫡子重盛右大将ニテ御坐シガ、左ニ移テ、次男宗盛中納言ニテ御ケルガ、数輩《すはい》ノ上﨟ヲ越テ右ニ被《くははられ》レ加ケルコソ、申量《まうすはか》リ無リシカ。嫡子重盛ノ大将ニ成給タリシヲコソ、ユヽシキ事ニ人思ヘリシニ、二男ニテ打ツヾキ並《ならびたまふ》給。世ニハ又人アリトモミエザリケリ。

廿一　徳大寺殿厳島へ詣給事

中ニモ徳大寺一《いちの》大納言ニテ、才覚優長シ、家重代ニテ被レ越給シコソ不便《ふびん》ナリシカ。「定テ御出家ナドヤ有ラムズラム」ト世人《よのひと》申アヒケレドモ、「此《この》世中ノ成ラム様《やう》ヲモ見ハテム」ト思給ケレバ、籠居シ給テ、「今ハ世ニ有テモナニカセム。本鳥《もとどり》ヲモ切テ、山林ニモ交リテ、一向マコトノ道ニ入ラム」ト宣ヘバ、源蔵人大夫資基、歎申ケルハ、「平家四海ヲ打平《うちたひらげ》テ、天下ヲ掌《たなごころ》ニ奉リ、万機《ばんき》ノ政ヲ心ノマヽニ取行ハル。非例非法張行《ちやうぎやう》スル平家ノ振舞ヲウラミサセ給ハヾ、多《おほく》ノ青女房事思フ様ナル上、摂政関白ニ所ヲヲカズ恥辱ヲ与ヘ奉リ、万達皆餓死シ候ハンズラム事コソ口惜《くちをしく》候ヘ。世ハ謀《はかりこと》ニテコソ候ヘ。大政入道ノ殊ニ崇《あが》メ給《たまふ》安芸国ノ一宮厳島ヘ御参詣有ベク候。大将《だいしやう》ノ御祈禱ノ為ニ御参籠渡ラセ給ハヾ、其神子《そのみこ》ヲバ内侍ト申候、多《おほく》参テ候ハヾ、種々ノ御引出物《おんひきいでもの》タビテ餓[1]《もてな》サセオハシマセ。サテ御下向アラバ、定テ内侍共御送《おんおくり》ニ参候ハムズラム。様々ニスカシテ、内侍四五人相伴ハセ御坐《おはしまし》テ、京へ御上《おんのぼり》候へ。内侍京ニテ、定テ大政入道殿ノ見参《げんざん》ニ入《いり》候ハンズラム。『ナニシニ上リタルゾ』ト問給ハヾ、内侍共アリノマヽニ申サバ、『我《わが》憑《たのみ》奉《たてまつる》所ノ厳島ノ大明神ニ参給タリケルゴサムナレ。争《いかで》カ神ノ御威光ヲバ失《うしなひ》進《まゐらす》ベキ。大将《だいしやう》ニ進《まゐら》セヨ』トテ、一定《いちぢやう》進《まゐ》リ候ヌト存《ぞんじ》候。加様《かやう》ニ御計《おんはからひ》ヤ有ベク候ラム。徳大寺ヲ此《この》御時失ハセ給ハム事、口惜《くちをしく》候」ト、泣々誘《こしら》へ申ケレバ、「ゲニモ」トヤ被二思食《おぼしめされ》一ケム、御心ナラズ厳島へ御詣《おんまゐり》[2]アリ。如レ案ノ内侍共ツドヒタリケレバ、種々ノ御引出物給テ、様々ニモテナシ給ケリ。

カクテ七日御参籠有テ、御下向アル処ニ、内侍共余波《なごり》ヲ惜《をしみ》進《まゐら》セテ、一日送リ進セケリ。次日《つぎのひ》帰ラムトスルニ、徳大寺殿仰《おほせ》ノ有ケルハ、「情ナシ。内侍達、今一日送レカシ」ト宣ヒケレバ、「承ヌ」ト申テ送奉ル。次日帰ラムトスル処、又色々ノ御引出物給テ、「ヤ、内侍達、都ヲ立出テ、多ノ国々ヲ隔テ、波路ヲ

1 「餓」、読み未詳。白帝社版の読みに従った。
2 詣マイル（易林本節用集・キリシタン版落葉集）

分テ参タル志ハ何計《いかばかり》トカ思フ。サレバ大明神御名残惜ク思進《おもひまゐら》スルニ、内侍達ノ是マデ送給タルハ、併《しかしなが》ラ大明神ノ御納受ト仰ギテ信《しん》ヲ取ル。其《その》上ハ只今引《ひき》分《わかれ》給ハム事、アマリニ余波《なごり》オシキニ、今一日送レカシ」ト宣ヘバ、「承ヌ」トテ又参《まゐり》ニケリ。「今一日、〳〵」ト宣フ程ニ、内侍モサスガニ振捨《ふりすて》ガタクテ、都近ク参ニケリ。徳大寺殿ノ宣ケルハ、「内侍、サスガニ城《みやこ》[1]ハ近ク、我等ガ本国ハ遠ク成タリ。同クハ、イザ都ヘ。京ヅトバシモ取セム」ト宣ヘバ、「承ヌ」トテ、内侍十人京上《きやうのぼ》ル。「此上《この》ハ、又大政入道殿ノ見参ニ入《いら》ザラム事モ恐レ有」トテ、内侍共入道殿へ参ジケリ。

出合テ対面シ給ケルニ、入道宣ケルハ、「ナニシニ上リタルゾ」ト問給ケレバ、「徳大寺殿大将被レ超給テ、其《その》御歎ニ御籠居候ケルガ、御出家有テ、後生菩提ノ御勤《つとめ》セムト思食立《おぼしめしたち》テ候ケルガ、誠ヤ、厳島ノ大明神コソ現[2]弁モ新タニ渡ラセ給ナレ。此事祈請シテ、叶ハズハ御出家有ベキニテ、御詣《おんまゐり》候テ、御参籠ノ間、御心優《いう》ニワリナク渡ラセ給フ。内侍共ニモ色々ノ御引出物給テ、御情深ク渡《わたら》セ給フ程ニ、御名残オシミ進セテ、一日送《おくりまゐら》進セテ候ヘバ、今一日〱トテ、送進候ツル程ニ、京マデ参テ候。上ル程ニテハ、争《いかで》カ又見参ニ入《いら》ザルベキトテ参テ候」ト申ケレバ、入道殿、「一定《いちぢやう》カ、内侍達」「サム候」ト申ケレバ、「糸惜《いとをし》々々。サテハ厳島ヘ御詣有ケルゴサムナレ。浄海、大明神[3]ヲ深ク崇《そう》敬《きやう》シ奉ル。争《いかで》カ権現ノ御威光ヲバ失ヒ奉ルベキ。重盛大将[4]ニ上《あげ》ヨ」トテ大将ヘ押上《おしあげ》テ、徳大寺殿ヲ左大将ニ成《なし》奉ル。

1 城ミヤコ（黒本本・天正本節用集）
2 「現弁」、長門本「れいけん」
3 「大明神」の下に「権現」とあり、見せ消ち。
4 重盛は左大将であり、「大将ニ上ヨトテ大将ヘ押上テ」は意不通。長門本「大将あけよとて」

廿二　成親卿人々語テ鹿谷ニ寄合事

サテ新大納言成親卿被レ思ケルハ、「殿ノ中将殿、徳大寺殿、花山院ニ被レ超タラバ、何《いか》ガセム。平家ノ二男ニ被レ超ヌルコソ遺恨ナレ。イカニモシテ平家ヲ滅シテ本望ヲ遂ム」ト思フ心付《つき》ニケルコソオホケナケレ。父ノ卿ハ中納言マデコソ至シニ、其《その》子ニテ位正二位、官大納言、年僅ニ四十四[1]、大国アマタ給《たまはり》テ、家中《けちう》タノシク、子息所従ニ至マデ朝恩ニ飽満《あきみち》テ、何ノ不足有テカ、今

1 「四」の右に「二イ」と傍書。長門本「二」

カヽル心ノ付ニケム。是モ天魔ノ致ス所也。信頼卿ノ有様ヲ親《ちか》クミシ人ゾカシ。其時小松大臣ノ恩ヲ蒙テ、頸ヲツガレシ人ニ非《あらず》ヤ。外《うと》キ人モ入《い》ラヌ所ニテ、兵具《ひやうぐ》ヲ調《ととの》ヘ集メ、可レ然者ヲ語《かたらひ》テ、此営《このいとなみ》ヨリ外ハ他事無リケリ。

東山ニ鹿谷ト云《いふ》所ハ、法勝寺ノ執行《しゆぎやう》俊寛ガ領也。件《くだん》ノ処ハ、後《うしろ》ハ三井寺ニツヾキテ吉《よき》城也トテ、彼《かし》コニ城墎ヲ構ヘテ、平家ヲ討テ引籠ラムトゾ支度シケル。多田蔵人行綱、法勝寺執行俊寛、近江入道蓮浄俗名成雅、山城守基兼、式部大夫章綱、平判官康頼、宗判官信房、新平判官資行、左衛門入道[1]等ヲ始トシテ、北面《ほくめんの》下臈アマタ同意シタリケリ。平家ヲ滅スベキ与力ノ人々、新大納言ヲ始トシテ、常ニ寄合々々談義シケリ。法皇モ時々入セ給テ、聞食入《きこしめしいれ》サセ給《たまふ》。毎度俊寛ガ沙汰ニテ、御儲《おんまうけ》丁寧ニシテモテナシ進《まゐら》セテ、御延年アル時モ有ケリ。

或時彼《かの》人々俊寛ガ坊ニ寄合テ、終日《ひねもす》ニ酒宴シテ遊ケルニ、酒盛半《なかば》ニ成テ万《よろ》ヅ興有ケルニ、多田蔵人ガ前ニ盃流《ながれ》留《とどまり》タリ。新大納言青侍《せいし》[2]一人招キ寄《よせ》テサヽヤキケレバ、程ナク清ゲナル長櫃《ながびつ》一合椽《えん》ノ上ニカキスヘタリ。尋常ナル白布五十端《たん》取出テ、ヤガテ多田蔵人ガ前ニ置セテ、大納言目カケテ、「日来《ひごろ》談義シ申ツル事、大将ニハ一向御辺《ごへん》ヲ憑《たのみ》奉ル。其弓袋料《そのゆぶくろの》ニ進《まゐらせん》。今一度候《さうらは》バヤ」ト云タリケレバ、行綱畏《かしこまり》テ、布ニ手打係《うちかけ》テ押ノケヽレバ、郎等ヨリテ取テケリ。

其比《そのころ》静憲法印ト申ケル人ハ、故少納言入道信西ガ子息也。万事思知テ振舞《ふるまふ》人ニテ有ケレバ、平相国モ殊ニ用テ、世中ノ事共時々云合《いひあは》セラレケリ。法皇ノ御気色《ごきしよく》モヨクテ、蓮華王院《れんげわうゐんの》執行ニモナサレナドシテ、天下ノ御政常ニ被二仰《おほせ》合《あはせ》一ケルニ、「サテモ此《この》事ハ、イカヾ有ベキ」ト法皇仰《おほせ》ノ有ケレバ、「此事努々《ゆめゆめ》不レ可レ有ト覚候。今ハ人多《おほく》承候ヌ。何《いか》ガシ候ベキ。只今天下ノ大事出来候ナムズ。我君ハ天照大神《てんせうだいじん》七十二代、太上法皇ノ尊号ニテ御坐候トイヘドモ、王法《わうぼふ》ノ代《よ》、末ニ成リ、清盛又朝家ニ盛也。其《それ》ト申ハ、君ノ御恩ナラズト云事ナシ。然而《しかれども》朝敵ヲ平《たひらぐ》ル事度々也。サレバ何ヲ以《もつて》清盛ヲバ失ハセ給候ベキ」ト、無レ所レ憚被レ申ケレバ、成親卿気色替《けしきかはり》テ立レケルガ、御前ナル瓶子《へいじ》ヲ狩衣ノ袖

1 「左衛門入道」、長門本「左衛門の入たう西光」
2 「青」に声点⑦、「侍」に声点⑦

ニ係《かけ》テ倒シタリケルヲ、法皇、「アレハ何《いか》ニ」ト仰《おほせ》有ケレバ、不二取敢《とりあへず》一、「平《へい》氏《じ》スデニ倒レテ候」ト被レ申タリケレバ、法皇御エツボニ入セヲハシマシテ、「康頼参テ当弁仕レ」ト仰アリシカバ、康頼ガ能ナレバ、ツイ立テ、「凡近来《およそちかごろ》ハ平氏ガ余リ多《おほく》候テ、モテエヒテ候」ト申タリケレバ、成親卿、「サテ其ヲバイカヾスベキ」ト被レ申。康頼、「ソレヲバ頸ヲ取ニハ不レ如《し》カ」トテ、瓶子ノ頸ヲ取テ入ニケリ。法皇モ興ニ入セ給テ、着座ノ人々モエミマゲテゾ咲《わら》ハレケル。静憲法印バカリゾ浅猿《あさまし》ト思テ、物モ宣ハズ、声ヲモ被レ出ザリケル。彼《かの》康頼ハ阿波国住人ニテ、品、サシモナキ者ナリケレドモ、諸道ニ心得タル者ニテ、君ニ近ク被二召仕一進セテ、検非違使五位ノ尉マデ成ニケリ。末座《ばつざ》ニ候ケルヲ被二召出一ケルモ、時ニ取テハ面目トゾミエシ。土ノ穴ヲ堀テ云ナル事ダニモ漏《もる》ト云ヘリ。マシテサホドノ座席ナレバ、ナジカハ隠《かくれ》アルベキ。空怖《ソラヲソロシ》クゾ覚《おぼゆ》ル。

彼《かの》俊寛ハ木寺法印寛雅ガ子、京極大納言雅俊ガ孫也。指《さし》テ弓箭《ゆみや》取ル家ニアラネドモ、彼《かの》大納言、ユ、シク心ノ武ク腹アシキ人ニテ御座ケレバ、京極ノ家ノ前ヲバ人ヲモ輙《たやす》クトヲサズ、常ニ歯ヲクヒシバリテ嗔《いか》リテ御坐ケレバ、人、歯クヒノ大納言トゾ申ケル。カヽリシ人ノ孫ナレバニヤ、此《この》俊寛モ僧ナレドモ心武ク奢レル人ニテ、加様《かやう》ノ事ニモ与《クミ》セラレタリケルニヤ。就レ中此俊寛僧都ト成親卿ト殊更親ク昵《むつび》ケル事ハ、新大納言ノ内ニ、松、鶴トテ二人ノ美女有ケリ。俊寛彼《か》ノ二人ヲ思テ通ヒケル程ニ、鶴ハ今スコシ容貌ハ増リタリ、松ハ少シ劣リタレドモ心ザマ無《ナカリ》レ難《ワリ》ケレバ、松ニウツリテ子息一人儲タリケル故ニ、大納言モ隔ナク打憑ミ語ヒケル間、与力シタリケル也。

三月五日除目ニ、内大臣師長公大政大臣ニ転ジ給ヘル替リニ、左大将重盛、大納言定房卿ヲ越テ内大臣ニ成レニケリ。院《ゐんの》三条殿ニテ大饗《だいきやう》行ハル。近衛大将《こんゑのだいしやう》ニ成給シ上ハ子細ニ及バネドモ[1]、又宇治ノ左大臣ノ御例憚リアリ。又大政入道心モトナゲニ云ハレケレバ、「由ナシ」ト被レ仰ケルトカヤ。

1 「ドモ」の下に脱文あるか。長門本、「大臣大将いと目出し。左右大将たゝいま闕ありけなし。もろなか押上られ給へり。又一上こそ前途なれとも」とあり、「宇治左大臣の御れいは」と続く。

廿三　五条大納言邦綱之事

五条中納言邦綱卿大納言ニ成ラル。歳五十六。一ノ中納言ニテ御坐ケレドモ、第二ニテ中御門中納言宗家卿、第三ニテ花山院中納言兼雅卿、此《この》人々成給ベカリケルヲ止《とどめ》テ、邦綱卿ノナラレケル事ハ、大政入道万事思《おもふ》サマナル故也。此《この》邦綱卿ハ、中納言兼輔卿八代ノ末葉《ばつえふ》、式部大夫盛綱ガ孫、前《さきの》右馬助成綱ガ子也。然而《しかれども》三代ハ蔵人ニダニモ不レ成《ならず》、受領、諸司助《しよしのすけ》ナドニテ有ケルガ、進士ノ雑色《ざふしき》トテ、近衛院ノ御時近ク被二召仕一ケルガ、去《さんぬる》久安四年正月七日家ヲ発《おこ》シ[1]テ、蔵人頭《くらうどのとう》ニ成ニケリ。其後《そののち》次第ニ成上テ、中宮亮ナドマデハ法性寺殿御推挙《ほふしやうじどののごすいきよ》[2]ニテ有シ程ニ、法性寺殿隠レサセ給テ後、大政入道ニ執入《とりいり》テ、サマ〴〵ニ宮仕《みやづかへ》ケル上、日ゴトニ何ニテモ一種ヲ奉ラレケレバ、所詮現世《げんぜ》ノ得意此人ニ過タル人有マジトテ、子息一人入道ノ子ニシテ、経邦ト申付テ、侍従ニ成サレヌ。三位中将重衡ヲ聟ニナシテケリ。後ニハ中将、内ノ御乳母《おんめのと》ニ成レタリケレバ、其《その》北方ヲバ母代《ははしろ》トテ、大納言典侍《だいなごんノてんし》[3]トゾ申ケル。

上古《しやうこ》[4]ニハ無リケリ。白河院ノ御時始置《はじめおか》レテ、衛府共アマタ候ケリ。中ニモ為俊、盛重、童ヨリ千手丸、今犬丸ナド、テ切者《きりもの》ニテ有ケリ。千手丸ハ本ハ三浦ノ者也。後ハ駿河守ニナサル。今犬丸ハ周防国住人、後ハ肥後守トゾ申ケル。鳥羽院ノ御時モ、季範、季頼父子近ク被㆓召仕㆒テ、伝奏スルオリモアリト聞《きこえ》シカドモ、皆身ノ程ヲバ振舞テコソ有シニ、此《この》御時ノ北面ノ者共ハ事外《ことのほか》ニ過分シテ、公卿、殿上人ヲモ物トモセズ、礼儀モ無リケリ。下北面《げほくめん》ヨリ上北面《じやうほくめん》ニ移リ、上北面ヨリ又殿上ヲユルサル、者モ有ケリ。カクノミアル間ニ驕レル心アリキ。彼ノ季範ト申《まうす》ハ、源左衛門大夫康季ガ子息、河内守是也。季頼ハ季範ガ子也。大夫尉《たいふのじよう》ト云《いふ》モ是也。

其《その》中ニ故少納言入道ノ許ニ、師光、成景ト云者アリケリ。小舎人《コデイ》[5]童若《ワラハもし》ハ格《カク》勤者《ゴシヤ》[6]ニテ、ケシアル[7]者共ナリケレドモ、サカ〳〵シカリケル間、院ノ御目ニカ、リテ召仕ハレケリ。師光ハ左衛門尉、成景ハ右衛門尉ニ一人一度ニ成タリケリ。少納言入道ノ事ニ合シ時、二人共ニ出家シテ、各《おのおの》名乗ノ一字ヲ不㆑替ヘ、左衛門入道ハ西光、右衛門入道ハ西景トゾ云ケル。二人ナガラ御倉預《みくらのあづかり》ニテ被㆓

1 「発」の右に「興歟」と傍書。長門本「起」
2 「推」の右に「吹歟」と傍書。
3 「典」に声点⑤、「侍」に声点⑤
4 「上古ニハ」の上に脱文あるか。長門本によれば「北面は」と補える。
5 「コデイ」、長門本「ことねり」。小舎人コデタリ（黒本本節用集）
6 「勤」の左上部に濁点。
7 「ケシアル」、「ケシカル」か。長門本「けしかる」

召仕ケリ。西光ガ子師高モ切者《きりもの》ニテ有ケレバ、検非違使五位尉《ごゐのじよう》マデ成ニケリ。

廿四　師高与宇河法師事引出事

安元二年十一月廿九日、加賀守ニ任ジテ国務ヲ行《おこなふ》間、サマ〴〵ノ非例非法張行《ちやうぎやう》セシアマリ、神社、仏事[1]、権門ノ庄領ヲモ倒シ、散々ノ事共ニテゾ有ケル。縦《たとひ》邵公《せうこう》[2]ガ跡ヲ伝《つたふ》トモ、穏便ノ務《まつりごと》[3]ヲコソ行《おこなふ》ベカリシニ、万ヅ心ノマヽニ振舞シ故ニヤ、同《おなじき》三年八月ニ、白山《はくさん》ノ末寺ニ宇河ト云山寺ニ出温《いでゆ》[4]アリ。彼ノ湯屋ニ目代ガ馬ヲ引入テ湯洗《ゆあらひ》シケルヲ、寺《てらの》小法師原、「往古《わうご》ヨリ此《この》所ニ馬ノ湯洗ノ例《ためし》無シ。争《いかで》カヽル狼籍有ベキ」トテ、白山ノ中宮《ちうぐう》八院三社ノ惣長吏智積、覚明等ヲ張本《ちやうぼん》トシテ、目代ノ秘蔵《ひさう》ノ馬ノ尾ヲ切テケリ。目代是《これ》ヲ大ニ嗔《いかり》テ、即《やがて》彼《かの》宇河ヘ押寄テ、坊舎一宇モ不レ残焼払ニケリ。宇河、白山八院ノ大衆《だいしゆ》、金大房大将軍トシテ、五百騎ニテ加賀国府ヘ追懸《おひかく》ル。露吹ムスブ秋風ハ、鎧ノ袖ヲヒルガヘシ、雲井ヲ照ス稲妻ハ、甲《かぶと》ノ星ヲカヽヤカス。カクテ講堂ニ立籠《たてこも》リ、庁へ使ヲ立タレバ、目代、僻事《ひがこと》シツトヤ思ケム、庁ニハシバシモタマラズシテ逃上ニケリ。

宇河ノ大衆共不㆓力及㆒シテ僉議シケルハ、「所詮本山ノ末寺也。本山へ可㆓訴申㆒。若《もし》此訴訟不㆑叶《かなはず》ハ、我等永ク生土《しやうど》ニ不㆑可㆑帰」「尤《もつとも》々《もつとも》」トテ神水《じんずい》ヲ呑ミ、一同シテ神輿《しんよ》ヲヤガテ振上奉ル間、安元三年二月五日宇河ヲ立テ、願成寺ニ着給フ。御共《おんとも》ノ大衆一千余人也。願成寺ヨリ、同《おなじき》六日仏ガ原金剣宮へ入給フ。於㆑茲《ここに》一両日逗留ス。

1 「仏事」、長門本「仏寺」

2 「卲」に声点⑦

3 務マツリコト（類聚名義抄）。第一本一「平家先祖之事」にも「マツリコト」。濁点は天正本・易林本節用集による。

4 「温」、底本のまま。「温」を「ゆ」と読む例未詳。「温室」は「ユヤ」と読む（伊呂波字類抄）

廿五　留守所ヨリ白山へ遣牒状事　同返牒事

同《おなじき》九日留守所ヨリ牒状アリ。使者ニハ楠二郎大夫則次、但田ノ二郎大夫忠利等也。彼牒状云《かのてふじやうにいはく》、

留守所ロノ牒、白山宮ノ衆徒衙ノガ

欲早被停止衆徒参洛事

牒。奉振[1]神輿、衆徒企参洛、令致訴訟。事之趣、非無不重[2]。因茲差遣[3]在庁忠利、尋申子細之処、為石井法橋訴申、令参洛、有返答之[4]。此条豈[5]不[6]可然。争依小事、可奉動大神哉。若為国之沙汰、可為裁許訴訟歟、者、聆[7]解状可申上也。乞哉察状以牒。

安元三年二月九日

散位朝臣

散位朝臣

散位朝臣

目代源朝臣在判

留守所の牒、白山の宮の衆徒の衙

早く衆徒の参洛を停止《ちやうじ》せられんと欲する事

牒す。神輿《しんよ》を振り奉りて、衆徒参洛を企《くはた》てて、訴訟を致さしむ。事の趣、重からざること無きに非ず。茲《これ》に因《よ》りて在庁《ざいちやう》忠利を差し遣はして、子細を尋ね申す処に、石井の法橋訴へ申さんが為に、参洛せしむと、返答有り。此の条豈《あに》然るべからず。争《いかで》か小事に依りて、大神を動かし奉るべきや。若し国の沙汰と為《し》て、裁許たるべき訴訟か、者《てへ》れば、解状《げじやう》を賜はり[8]申し上ぐべきなり。乞ふや、状を察して以て牒す。

安元三年二月九日

散位朝臣

散位朝臣

散位朝臣

目代源朝臣在判

1 「奉振」、長門本「奉捧」、盛衰記「戴」

2 「不重」、長門本・盛衰記「不審」

3 「遣」の右に「上イ」と傍書。

4 「之」、長門本「云々」、盛衰記「之趣」

5 「条」、長門本「条理」、盛衰記「理」

6 「豈不可然」、長門本同じ、盛衰記「豈可然」

7 「肸」の右に「本マ、」と傍書。長門本・盛衰記「賜」

8 「賜」、長門本・盛衰記に従って改めた。

9 「所」、長門本・盛衰記「留守所」

トゾ書タリケル。依レ之衆徒返牒云《しゅとのへんでふにいはく》、

白山中宮ノ大衆政所返牒、所[9]ノ衙

来牒一紙被二載送一神輿御上洛事

牒。今月九日牒、同日到来。依レ状案二子細一、在二神明和合一。而点二定吉日一、進二発旅路一。次以二人力一不レ可三成二敗之一。冥慮豈不レ恐レ之哉。仍以二後日一、任二牒返之状一。子細状如レ件。

安元三年二月九日

中宮大衆等

白山中宮の大衆政所、返牒す、(留守)[1]所の衙

来牒一紙に載せ送らるる神輿御上洛《しやうらく》の事

牒す。今月九日の牒、同日到来す。状に依りて子細を案ずるに、神明和合し在《まし》ます。而るに吉日《きちにち》を点定《てんぢやう》して、旅路次に進発《しんぱつ》す[2]。人力《じんりき》を以て之を成敗すべからず。冥慮豈《あに》之を恐れざらんや。仍《よ》つて後日《ごにち》を以て、牒返の状に任せん。子細の状、件のごとし。

安元三年二月九日

中宮の大衆等

1　「留守」、長門本により補った。
2　「旅路次に進発す」、底本の返り点に従わず、長門本の返り点に従った。

廿六　白山宇河等ノ衆徒捧神輿上洛事

同《おなじき》十日、仏ガ原ヲ出テ椎津へ着給フ。同《おなじき》日、又留守所ヨリ使二人アリ。税所大夫《さいしよのたいふ》成貞、橘《きつ》二郎大夫則次等、野代山ニテ大衆《だいしゆ》ノ後陣《ごぢん》ニ件《くだん》ノ使追付タリ。即《すなはち》落馬シヌレバ、馬《むまの》足折《をれ》タリ。是ヲ見テ衆徒弥《いよいよ》[1]神力ヲ取ル。

同十一日ニ二人《ににんの》使、椎津ニ到来ス。敢テ無二返牒一。以テレ詞使者神輿《しんよ》ヲ雖レ奉レ留、事トモセズ上洛ス。其《その》時貫首《くわんじゆ》ハ六条大納言源顕通ノ御子、久[2]我大政大臣御孫、明雲僧正ニテ御ス。門跡《もんぜき》ノ大衆三十余人ヲ差下シ、敦賀ノ中山ニテ奉レ留二神輿一ヲ、敦賀津金崎ノ観音堂へ奉レ入テ守護シケリ。

1　「神」の右に「信歟」と傍書。長門本「神」
2　「久」、底本「人」とあり、右に「久歟」と傍書。傍書に従った。

廿七　白山衆徒山門へ送牒状事

白山衆徒《はくさんのしゆと》等山門へ牒状ヲ遣ス。其状云《そのじやうにいはく》、

謹請　延暦寺御寺牒

欲レ被下裁中許奉レ上[1]白山神輿於山上一、目代師経罪科上事

右雖レ令三言二上子細一、于レ今不レ蒙二裁報一之間、神輿御入洛之処、抑留之条、是一山之大訴也。倩案[2]二事情一、白山者雖レ有二敷地一、是併三千聖供也。雖レ有二免田一、当任有名無実也。依レ之仏神事断絶顕然也。仍当年八講、三十講、同以断絶。我山者是大悲権現和光同塵之素意候。近来忝[3]向拝之族又以断絶。当二此時一、[4]深歎切也。然者奉レ振二神輿一、所レ企二群参一也。永忘二向後之栄一、五尺之洪鐘徒響二黄昏之勤一。誰明二冥道之徳一。在二于人倫一、迷癡之用深也。盍《ザラム》三全現二将来吉凶一哉。権現之御示現在レ之。然則不レ拘[5]二制法一、既令レ附二敦賀津一、任二御寺牒之状一、止二神輿上洛之儀一、可レ待二御裁報一之状、如レ件。

安元三年二月廿日　　　　衆徒等

謹んで請ふ、延暦寺の御寺牒

白山の神輿を山上に上げ奉り、目代師経の罪科を裁許せられんと欲する事

右、子細を言上《ごんじやう》せしむと雖も、今に裁報を蒙らざる間、神輿御入洛《しんよごじゆらく》の処、抑留する条、是《これ》一山の大訴なり。倩《つらつ》ら事情を案ずるに、白山は敷地有りと雖も、是併《しかしなが》ら三千の聖供《しやうぐ》なり。免田有りと雖も、当任は有名無実なり。之に依り、仏神《ぶつじん》の事断絶顕然なり。仍《よ》って当年の八講、三十講、同じく以て断絶す。我が山は是大悲権現、和光同塵の素意に候。近来忝《かたじけな》くも向拝の族《やから》、又以て断絶す。此の時に当たり、深く歎き切なり。然《しか》れば神輿を振り奉り、群参を企《くはた》つる所なり。永く向後《きやうこう》の栄えを忘れ、五尺の洪鐘徒《いたづら》に黄昏の勤めを響かす。誰か冥道《みやうだう》の徳を明らかにせん。人倫に在れば、迷癡の用深し。盍《なん》ぞ全く将来の吉凶を現ぜざらんや。権現の御示現之に在《まし》[6]ます。然れば則ち制法に拘はらずして、既に敦賀津に附かしめ、御寺牒の状に任せ、神輿上洛の儀を止《とど》め、御裁報を待つべき状、件《くだん》のごとし。

安元三年二月廿日　　衆徒等

1 「上」、長門本「振上」
2 「案」、底本「案」の右に「案ルニ」と傍書。傍書に従った。
3 「忝向拝」、長門本「参向拝社」
4 底本一字分空白。長門本「而」
5 「拘」が行頭にあり、上に○印、「不《シテ》」と傍書。
6 在マシマス（類聚名義抄）。第一本廿五「留守所ヨリ白山へ遣牒状事」にも、「在」に「マシマス」とルビ。

トゾ書タリケル。

廿八　白山神輿山門ニ登給事

同《おなじき》廿一日、専当等《せんだうら》此状《このじやうを》取テ帰上ルアヒダ、相二待ッ裁許一ヲ之処ニ、重テ使者来テ云《いはく》、「被二上洛一タリト云《いふ》トモ御裁許有ベカラズ。其《その》故ハ、院御熊野詣ナリ。御下向ノ後、可レ被二上洛一」トテ彼神輿《かのしんよ》ヲ奉二奪取一、金崎観音堂ニ入奉テ、大衆《だいしゆ》、宮仕《みやじ》、専当等是ヲ奉二守護一シ。白山ノ衆徒竊《ひそか》ニ神輿ヲ奉二盗取一テ、敦賀《ツルガ》ノ中山道ヘハ係《かか》ラデ、東路ニカヽリ、入ノ山ヲ越エ、柳瀬ヲ通リ、近江国甲田ノ浜ニ着ク。其ヨリ船ニ御輿《みこし》ヲ舁《か》キ載セ奉テ、東坂本ヘ欲レ奉レ入《いれたてまつらんとす》。折節巽《たつみ》ノ風ハゲシク吹テ海上《かいしやう》不レ静ナラシテ、小松ガ浜ヘ被二吹寄一給ケリ。其ヨリ東坂本ヘ神輿ヲ奉二振上一。

山門ノ衆徒《しゆと》、三塔会合シテ僉議シケルハ、「末社ノ神輿不レ踈《おろそかな》ラ、本社《ほんじやの》権現ノ如シ。末寺ノ僧不レ賤《いやしか》ラ、本山ノ大衆ニ同ジ。争《いかで》カ訴訟ヲ可レキ不二聞入一」

ト一同ニ僉議シテ、日吉社ニハ、白山ヲバ客人《まらうと》ト奉レ祝タレバ、早松ノ神輿ヲバ客人ノ宮ニ奉レ安メテ、山門ノ大衆等、院《ゐんの》熊野詣ノ御帰洛ヲゾ相待ケル。

廿九　師高可被罪科之由人々被申事

猿程《さるほど》ニ院御下向アリ。「白山ノ衆徒等《しゅとらが》訴訟如レ此《かくの》。ゲニ此《この》事黙止《もだし》ガタク候哉《かな》。然者《しかれば》師高ヲ流罪ニ被レ行、師恒[1]ヲ可レ被ニ禁獄《きんごくせらるべき》一」之由奏聞セシニ、御裁許遅カリシカバ、大政大臣、左右《さうの》大臣已下《いげ》、サモ可レ然公卿達ハ、「哀レ、トク御裁許有ベキ者《モノ》[2]ヲ。山門ノ訴訟ハ昔ヨリ他ニ異ナル事也。大蔵卿為房、大宰権帥季仲ハ、朝家ノ重臣ナリシカドモ、大衆ノ訴訟ニ依テ被ニ流罪一ニキ。マシテ師高ナドガ事ハ、モノ、数ナラズ。子細ニヤ及ブベキ」ト、内々ハ被レ申ケレドモ、詞ニ顕レテ奏聞ノ人無シ。「大臣ハ禄ヲ重ジテ不レ被レ申、小臣ハ罪ヲ恐レテ不レ諫《ト》メ」ト云事ナレバ、各《おのおの》口ヲ閉給ヘリ。其時ノ現任ノ公卿ニハ、兼実、師長ヲ始トシテ、定房、隆秀ニ至ルマデ、身ヲ忘レテイサメ奉リ、力ヲ尽シテ国ヲ可

1　「恒」の右に「経」と傍書。
2　底本「物」をすりけしにして「者」とある。

レ助人々ニテヲハシケル上、武威ヲ耀《かかやか》シテ天下ヲ鎮《しづめ》シ入道ノ子息重盛ナド、夙夜ノ勤労ヲツ、ミ[1]テヲハセシニ、彼ト云《いひ》、此ト云ヒ、師高一人ニ憚《はばかり》テ、心ニ傾《かたぶけ》ナガラ詞ニハ陳申《ちんじ》サレザリケル事、君ニ仕《つかふ》ル法、豈夫可レ然哉《あにそれしかるべけんや》。「前車ノ覆ヘルヲ不《ず》レ扶ケハ、後車ノ廻ルヲ豈恃《あにたのま》ン哉《や》」トコソ、蕭荷ヲバ大宗ハ被レ仰ケレ。恐クハ君モクラク覚エサセ給ベキニ非ズ。臣モ憚アヒ給ベキ人々ニヤヲハセシ。何況《いかにいはん》ヤ君臣ノ国ニヲイテフヤ[2]。権勢ノ政ヒガマムニヲイテフヤ。「賀茂河ノ水、双六ノ賽[3]、山法師《やまぼふし》、是ゾ我《わが》心ニ叶ハヌモノ」ト、白河院《しらかはのゐん》ハ仰《おほせ》有ケルトカヤ。

サレバ鳥羽院《とばのゐんの》御時、平泉寺ヲ以テ可レ被レ付二園城寺一ニ之由有二其聞一エ。山門《さんもんの》衆徒忽《たちまちに》騒動シテ、捧二奏状一ヲ申ス。其状《そのじやうにいはく》云、

延暦寺衆徒等解請二院庁裁一事

1　「ゝ」と「ミ」の間に「シ歟」と傍書。長門本「つみて」
2　「フヤ」、長門本「をや」。当行下の「フヤ」も同じ。
3　「簔」の字の「貝」をすりけしにして「土」とある。改めた。

請下曲垂二恩恤一、任二応徳寺牒《ニ》一、以二白山平泉寺一永為中当山末寺上状

右謹検二案内一、去応徳元年、白山僧等、以二彼平泉寺《ヲ》一寄二進当山末寺《ニ》一。于時座主良真任二寄文之旨一、成二寺牒一付二彼山一畢。自レ爾以降、依レ無二僧侶之訴訟一、不レ及二衆徒之沙汰《ニ》一。然間去春《ジ》、彼山《ノ》住僧等来、訴二于当山一云、是延暦寺之末寺也。応徳《ノ》寺牒尤足《レリ》二證験《ニ》一云々。覚宗[1]任二彼別当之職《ニ》一、非法濫行逐レ日倍増《シ》、積レ愁為レ枕。結句以《テ》二当山一欲レ為二園城寺之末寺《ト》一者。当山本自非レ無二本寺一。就レ中日吉客人宮者白山権現也。垂跡猶測二彼神処[2]一、定有二其故一歟。叡慮忽変《ズ》。非二君之不明一、非二臣之不直一。我山仏法将二以滅一之逃[3]也。汰[4]而有レ余。仰二蒼天一而押[5]レ涙、悲而何為。丘《シテ》二中丹《ニ》一銷レ魂《ス》。衆徒若乖二違　勅命一不[6]レ可レ応二千僧之公請一。衆徒若忽二緒朝威一者、懐レ愁而不レ可レ止二一山之騒動一。裁報之処、何無《ラム》二還[7]迹一。望請、曲垂二恩恤一、以二白山平泉寺一可三如レ旧為二天台末寺一之由、被二裁許一者、将下慰《テ》二浄行三千之愁吟《ヲ》一、弥祈《奉ラム》中仙院数百之遐齢《ヲ》上。仍勅状[8]謹解。

久安三年四月　日

1 「覚宗」、長門本「園城寺之覚宗」
2 「処」の右に「慮歟」と傍書。長門本「慮」
3 「逃」の右に「起歟」と傍書。長門本「逃」。恐らく「兆」の誤り。
4 「汰」の右に「愁歟」と傍書。長門本「泣」
5 「押」、長門本「揮」
6 「不」が行頭にあり、その上に○印あり。四部本には「積歎」とあり、前後照合すると、「者積歎而」を補うべきか。
7 「還」に声点⑥。長門本「還」に「キヤウ」とルビ。
8 「勅状」、長門本同じ。四部本「録状」

延暦寺の衆徒等、解して院庁《ゐんのちやう》の裁を請ふ事

曲げて恩恤《おんじゆつ》を垂れ、応徳の寺牒に任せ、白山平泉寺を以て永く当山の末寺たらんと請ふ状

右謹んで案内を検するに、去《さ》んぬる応徳元年、白山の僧等、彼の平泉寺を以て当山の末寺に寄進す。時に座主良真寄文の旨に任せ、寺牒を成して彼の山に付け畢《をは》んぬ。爾《それ》より以降《このかた》、僧侶の訴訟無きに依り、衆徒《しゆと》の沙汰に及ばず。然る間、去《い》んじ春、彼の山の住僧等来たり、当山に訴へて云はく、「是延暦寺の末寺なり。応徳の寺牒、尤も證験に足れり」と云々。覚宗彼の別当の職《しき》に任せ、非法濫行《らんぎやう》日を逐《お》ひて倍増し、愁へを積みて枕と為《す》。結句、当山を以て園城寺の末寺と為さんと欲《ほつ》す者《てへり》。当山は本より本寺無きに非ず。就中《なかんづく》日吉の客人宮は白山権現なり。垂《すい》跡《しやく》を猶ほ彼の神処に測るに、定めて其の故有らんか。叡慮忽ちに変ず。君の不明に非ず、臣の不直に非ず。我が山の仏法、将に以て滅びんとする兆《きざし》[1]なり。泣[2]きて

余り有り。蒼天を仰ぎて涙を押さへ、悲しみて何為《いかんせ》ん。中丹に丘して魂を銷《け》す。衆徒若し勅命に乖違せば、千僧の公請《くじやう》[3]に応ずべからず。衆徒若し朝威を忽緒《いるかせ》にせば、愁へを懐きて一山の騒動を止《とど》むべからず。裁報の処、何ぞ還迹《ぎやうしやく》無からん。望み請ふらくは、曲げて恩恤を垂れ、白山平泉寺を以て旧《もと》のごとく天台の末寺たるべき由、裁許せられば、将に浄行三千の愁吟を慰めて、弥《いよい》よ仙院の数百の遐齢《かれい》を祈り奉らんとす。仍つて勅状《ろくじやう》謹みて解《げ》す。

久安三年四月　日

依二此申状《このまうしじやう》一、公卿僉議有テ、可《べく》レ被レ付二山門一被レ下二院宣一云《いはく》、

被《テ》二院宣一称《イハク》、衆徒《ノ》騒動《サウ》不レ拘《カヽハラ》二制止一、為《リ》二事《コト》濫訴一。因《テ》レ茲《ニ》且《ハ》為《メ》レ禦《フセカンガ》二梟《ケウ》悪之輩《ヲ》一、且《ツハ》為《メ》レ停《ンガ》二蜂起《ホウ》之類《ヲ》一、任《セテ》二先例《ニ》一、所《ロ》レ被《ル、》レ儲《マウケ》二武士《ヲ》一也。而《ルニ》勇士《ヨウ》競《キヲテ》

1 「兆」、文意を考え改めた。
2 「泣」、長門本に従って改めた。
3 公請クシヤウ（易林本節用集）。ただし、第一本二「得長寿院供養事」には「コウシヤウ」とルビ。

レ鋒《ホコサキヲ》[1]欲《ル》レ決《セント》二雌雄《ヲ》一之由謳《ヲウカ》[2]二歌《シ》洛中《ニ》一、風二聞山上《ニ》一。既《ニ》非《ズ》二叡慮《ニ》一。仍《テ》武士乃《スナハチ》解《トイテ》レ群《ヲ》[3]返《シ》二遣《シ》本国《ニ》一畢《ヌ》。何《イカニイハムヤ》況今度云《ヒ》二公請《ト》一、云《ヒ》二神事《ト》一、只専《ラニシテ》二勅命《ヲ》一令《ル》二勤行《セ》一之由披陳《シ》[4]之旨《チンネ》、叡念《デン》[5]之中《ウチニイカデカ》争《ラン》無《ヤ》二哀憐《レ》一哉。仍《テ》僧正覚宗云《ク》、彼《ノ》以《テ》二白山平泉寺《ヲ》一可《キ》レ為《ル》二延暦寺之末寺《ト》一之由可《シ》レ被《ル》二宣下《セ》一。但自今以後依《テ》二末寺庄園事《ニ》一、不レ可《ス》レ致《ス》二非道之訴《ウタヘヲ》一。於《テ》二此《ノ》条《ニ》一者、殆《ホトヽヽ》招《マネク》二諸衆之誹謗《ヲ》一歟《カ》。似《タリ》レ残《スニ》二一山之瑕瑾《カキンヲ》一。然《ルニ》御帰依僧不《シテ》レ浅《ツキニ》遂以《テ》レ非《ヲ》為《シテ》レ理《ト》所《ロル》レ被《セ》二裁許《リ》一也。各合《セテ》二歓喜之掌《心ヲ》一而可《キ》レ奉《ル》レ祈《リ》二百二十年之算《サンヲ》[6]一之由可《シ》レ遣《キ》レ仰《ス》者也。依《テ》レ宣《セン》上《ニ》[7]啓《ケイ》如《シ》レ件。

久安三年四月廿七日　　民部卿奉

院宣を被《かうぶ》りて称《いは》く、衆徒の騒動制止に拘らず、事濫訴たり。茲《これ》に因《よ》りて且《かつ》は梟悪《けうあく》の輩《ともがら》を禦《ふせ》かんが為、且は蜂起の類を停《とど》めんが為、先例に任せて武士を儲けらるる所なり。而るに勇士《ようし》鉾《ほこさき》を競つて、雌雄を決せんと欲《す》る由洛中に謳歌《おうか》し、山上に風聞す。既に叡慮に非ず。仍つて武士乃《すなは》ち群《ぐん》を解いて本国に返し遣はし畢《をは》んぬ。何《いか》に況んや今度公請《くじやう》と云ひ、神事と云ひ、只勅命を専らにして、勤行せしむる由披陳の旨、叡念の中《うち》に争《いかで》か哀憐無からんや。仍つて僧正覚宗云はく、彼の白山平泉寺を以て延暦寺の末寺たるべき由宣下せらるべし。但し自今以後《じごんいご》末寺の庄園の事に依りて、非道の訴へを致すべからず。此の条に於いては、殆《ほとほ》と諸衆の誹謗を招くか。一山の瑕瑾《かきん》を残すに似たり。然るに御帰依の僧浅からずして遂に非を以て理と為して、裁許せらるる所なり。各《おのおの》歓喜《くわんぎ》の掌《たなごころ》を合はせて、百二十年の算《さん》を祈り奉るべき由、仰せを遣はすべき者なり。宣《せん》に依りて上啓《しやうけい》、件《くだん》のごとし。

久安三年四月廿七日　　民部卿奉

トゾ書タリケル。

昔江中納言匡房ノ被レ申ケル様ニ、「神輿《しんよ》ヲ陣頭へ振奉テ訴申サム時ハ、君イカヾ御計ヒ有ベキ」ト被レ申タリケルニハ、「ゲニ黙止《もだ》シガタキ事ナリ」トコソ被レ仰ケレ。

1 「鋒」の右に「鉾」と傍書。
2 「謳」に声点⑦
3 「群」に声点②
4 「披」に声点①、「陳」に声点⑤
5 「叡」に声点①、「念」に声点⑧
6 「算」に声点①
7 「上」に声点①

卅一　後二条関白殿滅給事

堀河院《ほりかはのゐんの》御宇、去《さんぬる》嘉保元年甲戌、頼義[1]男美濃守源義綱朝臣、当国ノ新立《シンリフノ》[2]庄ヲ顚倒《てんだう》スル間、山久住者《やまのくじゆしや》[3]円応ヲ殺害《せつがい》ス。依レ之山門欝《いきどほ》リ深《ふかく》シテ、同《おなじき》十月廿四日此《この》事ヲ訴ヘ申サムトテ、寺官、神官ヲ先トシテ、大衆《だいしゆ》下洛スル由風聞《ふうぶん》アリシカバ、武士ヲ河原ヘ差遣《さしつかはし》テ被レ防[4]。然《しかる》ニ寺官等三十余人捧二申文一、押破テ陣頭ヘ参上セムトシケルヲ、師通後二条関白殿、中宮大夫師忠ガ依二申状一、御侍大和源氏中務丞頼治ヲ召テ、「只任レ法可レ当ル也」ト被レ仰ケレバ、頼治承テ防《ふせき》ケルニ、猶大内ヘ入ラムトスル間、頼治ガ郎等散々ニ射ル。疵《きず》ヲ蒙ル神人《じんにん》六人、死ル者二人、社司、諸司等四方ニ逃失ヌ。誠ニ山王《さんわうの》神襟イカバカリカ思食《おぼしめす》ラムトゾ見《みえ》ケル。中ニモ八王子ノ禰宜友実ニ矢立タリケルコソ浅猿《あさまし》ケレ。大衆憤満ノ余《あまり》、同廿五日神輿《しんよ》ヲ中堂ヘ振上奉リ、禰宜ヲバ八王子ノ拝殿ニ舁入《かきいれ》テ、静信、定学二人ヲ以テ、関白殿ヲ呪咀《しゆそ》シ奉ル。其啓白詞《そのけいびやくのことばにいはく》[5]云、

「吾等[6]ガ菁種《ナタネ》ノ二葉[7]ヨリ、オ、シ立タマフ七社ノ神達、左右《さう》シカノ耳フリ立テ聞給ヘ[8]。山王《さんわうの》神人宮仕《みやじ》射殺給ツル、生々世々《しやうじやうせぜ》ニ口惜《くちをし》。願《ねがはく》ハ八王子権現、後二条関白殿ヘ鏑矢一《ひとつ》放チ[9]当《あて》給ヘ。第八王子権現」ト、タカラカニコソ祈請シケレ。其比《そのころ》ノ説法表白《へうびやく》ハ、秀句《しうく》ヲ以テ先トス。申上《まうしあげ》ノ導師ハ忠胤僧都トゾ聞エシ。江中納言匡房申サレケルハ、「師忠ガ申状、甚ダ神明ノ恥辱ニ及ブ。哀レ亡国ノ基《もと》キ哉。宇治殿ノ御時、大衆張本《だいしゆのちやうぼん》トテ、頼寿、良円等ヲ流サルベキニテ有シニ、山王ノ御託宣掲焉《イチシル》カリケレバ、即《すなはち》罪名ヲ宥《なだめ》ラレテ、様々ニ御オコタリヲ申サセ給シゾカシ。サレバ此事イカヾアランズラム」ト疑申サレケリ。サテモ不思議ナリシニハ、八王子ノ御殿ヨリ鏑矢ノ声出テ、王城ヲサシテ鳴リテ行《ゆく》トゾ、人ノ夢ニハ見タリケル。其朝《そのあした》、関白殿ノ御所ノ御格子《ミカウシ》ヲ上タリケレバ、只今山ヨリ取テ来タル様ニ、露ニヌレタル樒《しきみ》一枝立タリケルコソオソロシケレ。

ヤガテ後二条ノ関白殿、山王ノ御トガメトテ、重キ御労《おんいたは》リヲ受サセ給フ。

1 底本一字分空白。
2 「新」に声点①
3 「間」と「久」の間に○印、「山」と傍書。
4 「被」、「テ」と「防」の間に傍書。
5 「教化」を見せ消ち、「啓白」と傍書。盛衰記「教化」
6 「云」と「菁」の間に○印、「吾等カ」と傍書。
7 「竹馬」を見せ消ち、「二葉」と傍書。長門本「竹葉」、盛衰記「竹馬」
8 「ヘ」と「山」の間に、「茄物《ムシ》ニ合テコシカラフテ」とあり、見せ消ち。盛衰記にはあり。
9 「セ給ヘ」をすりけしにして、上に「チ当」とある。

母《はは》上《う》ヘ大殿ノ北ノ政所斜メナラズ御歎有テ、御様《おんさ》マヲヤツシツヽ、賤キ下臈ノ為《マネ》ヲシテ、日吉ノ社ニ御参籠有テ、七日七夜ガ間祈リ申サセ給ケリ。先ヅ顕ハレテノ御祈ニハ、百番ノ芝田楽、百番ノ一ツ物、競馬《ケイバ》、矢鏑馬《ヤブサメ》、相撲《スマフ》、各《おのおの》百番、百座ノ仁王講、百座ノ薬師講、一搩《チヤク》[1]手半ノ薬師百体、等身ノ薬師一体并《ならびに》釈迦、阿弥陀ノ像、各《おのおの》造立供養ゼラレケリ。又御心中ニ余《アマタ》ノ御立願《ごりふぐわん》アリ。御心ノ中ノ事ナレバ、人争《いかで》カ可レキ奉レ知。ソレニ不思議ナリシ事ハ、八王子ノ御社ニイクラモ並ミ居タルマイリ人ノ中ニ、ミチノ国ヨリハル〴〵ト上リタリケル童《わら》ハ神子《みこ》、夜半バカリニ俄ニ絶入ケリ。遙ニカキ出シテ祈リケレバ、無レク程生《イキ》出テ、立テ舞カナヅ。人奇特《きどく》ノ思ヲ成テ是ヲ見ル。半時バカリ舞テ後、山王下《お》リサセ給テ、様々[3]ノ御託宣コソオソロシケレ。「衆生等《ラ》タシカニ承ハレ。我《わレ》円宗ノ教法《けうぼふ》ヲ守ンガ為ニ、遙ニ実報花王ノ土《ど》ヲ捨テ、穢悪《ゑあく》充満ノ塵ニ交リ、十地《じふぢ》円満ノ光ヲ和《やはら》ゲテ、此《この》山ノ麓ニ年尚《ヒサ》シ。鬼門《きもんの》凶害ヲ防カントテハ、嵐ハゲシキ嶺ニテ日ヲクラシ、皇帝ノ宝祚《ほうソ》ヲ護《まもら》ン為ニハ、雪深キ谷ニテ夜ヲ明ス。

抑《そもそも》凡夫《ぼんぶ》ハ知ヤ否ヤ、関白ノ北ノ政所、我ガ御前ニ七日《しちかにち》籠ラセ給テ、御立願《りふぐわん》サマ〴〵ナリ。先《まづ》第一ノ願ニハ、『今度殿下ノ寿命助テタベ。サモ候《サブラ》ハヾ、八王子ノ社ヨリ此砌《このみぎり》マデ廻廊作テ、衆徒ノ参社ノ時、雨露ノ難ヲ可レ防《ト》』此《この》願《ぐわん》誠ニ難レ有《シ》リ。サレドモ吾山《わがやま》ノ僧侶、三ノ山ノ参籠ノ間、霜、雪、雨、露ニウタル、ヲ以テ行者ノ功ヲ哀《あはれみ》テ、和光同塵ノ結縁トシテ此所《この》ヲトメ《し》テ、我ニチカヅク者ヲ哀《あはれま》ントナリ。第二ニハ、『三千人ノ衆徒ニ、毎年ノ冬、小袖一着《ひとつ》セン』トノ願、是又不レ被二請《う》ケ思食一。其《その》故ハ、九夏三伏ノ熱[4]キニハ、汗ヲ拭《のごひ》テ終日《ひねもす》ニ三大即是ノ蕣《はなぶさ》[5]ヲ手向ケ、玄冬素雪ノ寒《さむき》ニモ、身ヲ忘レテ通夜《よもすが》ラ止観明浄《みやうじやう》ノ月ヲ翫ブヲ以テ止住僧侶ノ行トセリ。第三ニハ、『自《みづか》ラ一期《いちご》ノ間、月ノ障リヲ除テ、都ノスマヰヲ捨テ、宮籠《みやごもり》ニ交テ宮仕ヒ申サム』トナリ。此《この》願殊ニ糸惜《いとほ》シ。雖レ然、大殿ノ北政所程ノ人ヲ、宮籠ノ者ニ並《ならべ》奉ラム事叶マジ。第四願《だいしの》[6]ニハ、『御娘五人ノ姫君、何《いづ》レモ王城一ノ美女也。以レ彼ヲ芝田楽セサセテミセ進《まゐら》セン』トノ御志切《せつ》ナレドモ、摂政関白ノ御娘達イカヾサ様《やう》ノ振舞ヲバ

1　「揉」に声点③
2　供養じ Cuyŏji（日葡辞書）
3　「様」に声点①
4　「熱」に声点⑤。また、同じ行の上余白部分に「暑《アツキ》」と書き込みあり。
5　蕣ハナブサ（類聚名義抄）
6　「ニ」、虫損。補った。

セサセ奉ベキ。第五ニハ、『八王子ノ御社ニテ、毎日退転ナク法花問答講行フベシ』トナリ。此等ノ御願共、何《いづ》レモ疎《おろそ》カナラネドモ、法花問答講ハ誠ニアラマホシクコソ思食《おぼしめ》セ。今度ノ訴訟ハ無下《むげ》ニヤスカリヌベキ事ヲ、御裁許無《なく》シテ、師通、頼治ニ仰《おほせ》テ、我ヲ馬ノ蹄ニ蹴サスルノミナラズ、神人、宮仕射殺サレ、人多ク疵ヲ蒙テ、泣々マイリテ、我《わが》御前ニテ訴ヘ申《まうす》事ガ心ウケレバ、イカナラム末ノ代マデモ忘ルベシトモ不二思食一。彼等ニ立ツトコロノ矢ハ、併《しかしなが》ラ和光垂跡《すいしやく》ノ御ハダヘニ立タルナリ。実《まこ》ト虚言《そらごと》トハ是ヲ見ヨ」トテ、肩脱タルヲミレバ、左ノ脇ノ下、大ナル土器《かはらけ》ノ口ホド穿《ウゲ》ノキタルコソ奇特《きどく》ナレ。コレガアマリニ心ウケレバ、「イカニ申《まうす》トモ始終ノ事ハ叶マジ。一定《いちぢやう》法花問答講行ハスベクハ、三年《みとせ》ガ命ヲ延《のべ》奉ラム。ソレヲ不足ニ思給ハヾ力及バズ」トテ、山王上《あが》ラセ給ケリ。母上、人ニ語ラセ給ハネバ、「タレ漏シツラム」ト疑ハセ給フ方モ無リシニ、御心ノ中ノ事ドモアリノマヽニ御託宣有シカバ、イトヾ心肝《しんかん》ニ染《しみ》[1]テ貴クゾ覚エケル。泣々申サセ給ケルハ、「タトヒ一日片時《いちじつへんし》長ラヘ候《サブラ》フトモ、アリガタウコソ候フベキニ、マシテ三トセガ[2]命ヲノベテ給ハラム事、シカルベウサブラウ」トテ、日吉ノ社ヲ御下有テ、都ヘ入セ給ケリ。ヤガテ殿下ノ御領紀伊国田仲庄ト云《いふ》所、永代寄進セラレケリ。サレバ今ノ代ニ至ルマデ、法花問答講毎日退転ナシトゾ承ル。

カヽリシ程ニ、後二条関白殿御病カルマセ給テ、元ノ如クニ成セタマフ。上下喜ビアハレシホドニ、三トセノ過ルハ夢ナレヤ、永長二年ニ成ニケリ。六月廿一日、又後二条関白殿山王ノ御トガメトテ、御グシノキハニアシキ御瘡《おんカサ》出来サセ給テ、打臥サセ給シガ、同《おなじき》廿七日御年三十八ニテ、ツヰニ隠レサセ給ヘリ。御心ノ武《たけ》サ、理ノツヨサ、サシモユヽシクヲハセシカドモ、マメヤカニ今ハノ時ニモ成シカバ、御命ヲ惜マセ給ケル也。誠ニ惜カルベキ御ヨハヒナリ。四十ニダニ満《みた》セ給ハデ、大殿ニ先立マイラセサセ給コソ悲シケレ。必シモ父ヲ先立《さきだつ》ベシト云事ハ無レドモ、生死《しやうじ》ノヲキテニ随フ習、万徳《まんどく》円満ノ世尊、十地《じふぢ》究竟《くきやう》ノ大士達モ、力オヨバセ給ハズ。慈悲具足ノ山王利物《りもつ》ノ方便ナレバ、御ト

1　染シム（易林本節用集）
2　「カ」と「命」の間に「ノ」とあり、すりけしにする。

ガメ無《なか》ルベシトモ覚ズ。彼《かの》義綱モ程ナク自害シテ、一類皆滅ケリ。師忠モ程無ク失ニケリ。昔モ今モ山王ノ御威光ハ恐ルベキ事[1]トゾ申伝《ツタヘ》タル。

惣ジテ代々ノ帝北嶺ヲ被二崇重《そうちよう》一セ事、越二于他山一、仏法王法《わうぼふ》互ニ護レバ之ヲ、一乗万乗共ニ盛《さかん》也。サレバ山門ノ訴訟ハ只衆徒ノ歎、山王独リノ御憤《いか》[2]リニモ不レ可レ限ル。別《べつし》テハ国家ノ御大事、惣ジテハ天下ノ愁ナリ。神国ニ住テ神代ヲ継ギ、神ヲ崇メ給フ事、朝家ノ徳政ナレバ、山王ニカタサリ御シテモ、ナドカ無《なき》二御裁許一」トゾ人傾キ申ケル。誠ニ仏法王法ハ如二五岳[3]一ノ。一《ひとつ》モ闕《かけ》テハ不レ可レ有[4]ル。有レバ法国静《しづか》也。仏法若《もし》滅ナバ、王法何ゾ全カラム。山門若滅亡セバ、円宗何カ可レ存哉。世移テ二末法一ニ既ニ二百余歳、闘諍《とうじやう》堅固ノ時ニ当レリ。人魔天魔ノ力強クシテ、人ノ心不レ摂《をさま》[5]ラ。凡ソ叡山ノ地形《ちぎやう》ノ体ヲ見ルニ、師子ノ臥《ふせ》ルニ似《にた》リトゾ承ハル。人ノ心住《すむ》所ニ似タル事、如レ随《シタガ》フ二水之器《うつはもの》一ニト云ヘリ。ト《しめ》二居於高嶺一ニ、鎮《とこしなへ》[6]ニケ[7]ハシキ坂ヲ上リ下レバ、衆徒ノ心武クシテ、憍慢ヲ為《す》レ先ト。サレバ、昔シ将門宣旨ヲ蒙テ、御使ニ叡山ニ登リケルガ、大嶽ト云所ニテ京中ヲ直下《ミオロス》ニ、僅ニ手ニ拳《にぎ》ル計《ばかり》ニテ覚ケレバ、即《すなはち》謀叛ノ心付《つき》ニケリ。白地《あからさま》ノ登山猶然《しか》ナリ。何況《いかにいはんや》於二旦暮之経歴《きやうりやく》一ニ哉《をや》。

抑《そもそも》延暦寺ト申ハ、伝教《でんげう》大師草創ノ砌《みぎり》、桓武天王ノ御願也。伝聞《つたへきく》、伝教大師御年十九ト申《まうす》延暦四年七月ノ比《ころ》、叡山ニ攀《ヨヂ》登リ給テ、伽藍ヲ建立シ仏法ヲ弘ムトテ、本尊ヲ為レ奉《ンガ》ニ作リ山中ニ入給テ、「利益衆生ノ仏像ト可レ成ル霊木ヤヲハスル」ト、声ヲ上テ叫給ケルニ、虚空蔵ノ尾ノ北ナル林ノ中ニ、「コ、ニアリ」トゾ答ケル。彼《かの》霊木ヲ切テ、大師手《てづか》ラ自《みづか》ラ薬師如来ノ形像《ぎやうざう》ヲゾ刻ミ顕シ給ケル。一《ひとた》ビ削リテハ、「普《あまね》ク長夜ノ闇ヲ照シ給ヘ」ト、削ル度ニ礼拝シ給ヘバ、御頭ヨリ始テ面像顕《あらはれ》御ス。御胸ノ程ニモ成シカバ、大師礼シ給フ毎ニ、霊像低《たれ》レ頭ヲウナヅキ給フ。其時、「衆生済度ヲバ事請《ことうけ》シ給ヌ。穴賢《あなかしこ》、一人モ漏シ給ナ」トテ、造畢シ給ニケリ。長《たけ》五尺五寸ノ皆金色《かいこんじき》ノ立像《りふざう》也。同《おなじき》七年ニ本堂ヲ造テ奉ニ安置《あんぢ》シ一給ヘリ。慈覚大師彼《かの》仏像ト常ニ物語シ給ケルトカヤ。相応和尚バカリゾ御《み》声ヲバ聞給ケル。

1 「恐」と「キ」の間に○印をして、「ルヘ」と傍書。
2 憤イカル（類聚名義抄）
3 「五岳」の右に「牛角歟」と傍書。
4 「可」と「有」の間に○印、「有ル」と傍書。
5 摂ヲサム（類聚名義抄）
6 「鎮」の下に○印、「ニ」と傍書。
7 「ハケシキ」と書写して、「ハ」と「ケ」の間に返り点。

同《おなじき》十三年長岡京ヨリ平安城ニ遷テ、皇居定ラレケルニ、鬼門ノ方ニ当テ高《たかき》嶺アリ。「彼《かの》嶺ニ建《たて》二伽藍一ヲ者《ば》、不レ可レ有二都ノ凶害一」帝思《おぼしめし》食テ、伝教大師ニ被二仰合一ケレバ、「吾《わが》寺ヲ可レシ献《たてまつ》レル君ニ」トテ、本仏薬師如来ハ御息災ノ御タメ尤《もつとも》相応シ給ヘリ、造立ノ次第ナド細《くはし》1ク申サセ給ケレバ、天皇大《おほき》ニ叡感有テ、大師ト深ク師檀ノ契ヲ結ビ給テ、御願寺ト被レ定ニケリ。帝余リニ当山ヲ執シ思食テ、御詞ノツマニモ我山《わがやま》トゾ仰有ケル。サレバ近来《ちかごろ》モ山門ヲ我山ト申ハ、彼《かの》御詞ノ末トカヤ。大師ハ我《わが》タツ杣《そま》トモ宣ヘリ。叡慮ニ比《たぐ》2ヘルガ故ニ、比叡山トモ名《なづ》ク。又叡岳トモ云《いふ》ナルベシ。眺望余所《よそ》ニ勝《すぐれ》テ、四方遠ク晴タルガ故ニ、四明山トモ名クトカヤ。又天台宗ノ寺ナルガ故ニ、天台山トモ名タリ。大体唐ノ天台山ニ似《にた》リト云ヘリ。

　サテモ天台宗ハ、南岳、天台共ニ霊山《りやうぜん》ノ聴衆トシテ、震旦《しんだん》ニ出給テ仏法ヲ弘メ給シヨリ、師資相承《さうじよう》セリ。震旦国《しんだんごく》ニ鑑真和尚《わじやう》ト云シ人、玄義、文句、止観ノ三大部ヲ持テ本朝ヘ渡リシニ、機根不レ堪シカバ、石《いは》ノ室《むろ》ニ納テ不二リ披露一シヲ、伝教大師諸宗ノ教相《けうさう》ヲ伺ヒ給フニ、天台ノ法文ニ心付給ケレバ、我山ニ流布シ給テ、諸宗ノ明徳ヲ崛[3]シテ開講論義ヲ被レ談ケルニ、理崛猶不レ極被レ思ケレバ、同廿三年四月ニ御年三十八ニシテ入唐ス。先ヅ彼ノ聖主ニ奏シテ、天台ノ遺跡《ゆいせき》ヲ巡礼シ給ケルニ、一ノ宝蔵アリ。天台大師入滅ノ朝《あした》ヨリ今ニ至ルマデ、鎰《かぎ》無クシテ開ク人ナシ。大師記文云《だいしのきぶんにいはく》、「吾レ滅後ニ東国ヨリ上人来テ此《この》宝蔵ヲバ可レ開ト」云々。伝教大師是ヲ聞給テ、懐ヨリ鎰ヲ取出シ、「是ハ本朝ニテ伽藍建立ノタメ[4]地《ぢ》ヲ引シ時、土ノ中ヨリ堀出タリシヲ、様《やう》有ベシト思テ、昼夜ニ身ヲ不レ放タ持タリ。若此《もしこの》鎰ヤ合タル。試《コヽロミ》ニ開テ見ム」ト宣テ、件ノ鎰ヲ指合ハセ給ヘバ、宛《あたか》モ符契ノ如クシテ、宝蔵開ニケリ。聖主ニ此由ヲ奏シ申ケレバ、前世《ぜんぜ》ノ宿縁不レ浅事ヲ叡感有テ、彼ノ庫蔵ニ所レ納ル聖財、悉ク大師ニ奉レ渡シ給ヘリ。則《すなはち》大師是ヲ請来《しやうらい》シ給テ、吾山ニゾ被レ納ケル。今ノ御経蔵ト申ハ是也。伝教大師常儀ノ道具、章安大師ノ渡シ給ヘル聖教《しやうげう》等、皆彼ノ経蔵ニ納レリ。

1 細クハシ（類聚名義抄）
2 比タグヒ（類聚名義抄）
3 「崛」に声点⑥
4 「時」に見せ消ち、「タメ」と傍書。

此中《このうち》ニ天台ノ一《いち》ノ箱ト名《なづけ》テ、一生不犯《ふぼん》ノ人一人シテ見事《みる》ニテ、輙《たやす》ク開ク座主希ナリ。彼《か》ノ渡唐ノ時、道邃《だうスイ》和尚、行満座主ニ遇《あひ》テ教相《けうさう》ヲ伝持シ、順暁アザリニ金胎両部ノ秘法ヲ伝授シテ、同キ廿四年六月ニ帰朝シ給ヘリ。顕密ノ奥義ヲ被レ極メシカバ、一天仰崇《ぎやうそう》シ、四海帰伏ス。三仙ノ長講ヲ制作シテ、千秋ノ宝祚ヲ祈リ、六基ノ塔婆ヲ六州ニ奉二分チ居《す》ヘ一テ、万春ノ安寧ヲ祈請シ給フ。サレバニヤ、天下治《をさまり》テ、国郡豊ナリキ。

次ニ常行堂ノ阿弥陀ハ、慈覚大師帰朝ノ時、海上《かいしやう》ニ示現シテ光ヲ放チ、声ヲ上テ引声《いんじやう》ヲ唱《となへ》給シ尊像ヲ、大師奉レ迎ヘ安置《あんぢ》シ給ヘル、自然涌出《じねんゆじゆつ》ノ仏也。彼ノ大師、横河ノ椙ノ洞ニテ三年ノ間行ヒテ書写シ給ヘル如法経、我朝《わがてう》ノ有勢無《ぶ》勢《せい》ノ神達、昼夜ニ結番シテ守護シ給トカヤ。無動寺ノ本尊ハ、相応和尚生身《しやうじん》ノ不動ヲ奉レ拝ンミト誓テ、北方《きたのかた》ヘ向テアコガレ御シケル処ニ、文殊ノ化身ナル老翁ニ被レ教ヘテ、桂河ノ第三ノ瀧ニ至リツヽ、致二丹精《たんぜい》之誠一、被二祈誓一ケレバ、生身ノ不動出現シ給ヘリ。和尚随喜ノ涙ヲ流ツヽ、[1]又、「都卒天ニ至テ、生身ノ弥勒ヲ拝セサセ給へ」ト被二祈念一ケレバ、御肩ニノセッ、無レ程都卒ノ内院ニ上給テ、現身ニ弥勒菩薩ヲ奉レ拝シ給ケル、生身ノ不動尊是《これ》也。此外《このほか》大権ノ垂跡其《その》数多シ。高僧ノ行徳新《あらた》ナルモ多カリキ。彼《か》ノ恵亮脳《なづ》キヲ摧《くだ》キ、尊恵剣ヲ振《ふるひ》シ効験、誰人カ肩ヲ並ベン哉《や》。惣《そうじ》テ、西塔、横川、大師先徳ノ造立、利生結縁ノ本尊、不レ知レ数ヲ。其《その》霊験繁多也。是皆仏日《ぶつにち》照覧ヲ表示シ、聖朝安穏ノ奇瑞ニ非哉《あらずや》。誠ニ天下無双《てんがぶさう》ノ霊山、鎮護国家ノ道場ナリ。桓武天皇ノ勅願ナレバ、代々ノ賢王聖主、皆我山《わがやま》ヲ崇メ給ヒ、諸院、諸堂、無レ非二勅願一ニ。堂塔行法于今《いまに》不レ断ヘ。星霜《せいざう》四百余廻、薫修《くんじゆ》幾《いくばく》カ積ルラム。法ハ是一乗三密ノ妙法、仏法ノ源底ニ非哉。人ハ止観舎那ノ行、菩薩ノ大戒ヲ持《たも》テリ。

就レ中日吉山王七社、王城守護ノ鎮将トシテ、鬼門ノ方ニ跡ヲ垂給ヘリ。此《この》日吉山王ト申ハ、欽明天皇ノ御時、三輪ノ明神ト顕レテ、大和国ニ住給キ。天智天皇ノ御時、大和国ヨリ此砌《このみぎり》へ移給テ、当山草創ニ先立給事百余歳、後ニ一乗円宗ヲ可レ被レ弘メ事ヲ鑑《かんがみ》給ケルニヤ、或ハ南海ノ面ニ五色ノ波立ケルガ、

1　踊り字の「、」、虫損を補った。

「一切衆生悉有仏性」ト唱ケル、其御法《そのみのり》ノ声ヲ尋テ此砌ヘハ移御《うつり》[1]シタリトモ申キ。始ハ大津ノ東浦ニ現ジ御テ、其ヨリ西ノ浦ニ移セ給テ、田仲ノ常世ガ船ニ召テ辛崎ノ琴ノ御館《みたち》、牛丸ガ許《もと》ヘ入セ給ニケリ。牛丸、「非ニ直人《ただびとに》一」ト思テ、荒薦ヲ敷テ奉レ居《す》ヘテ、常世《とこよ》、粟ノ御飯ヲ進《まゐら》セタリケレバ、常世ニ詫シ給ケルハ、「汝、我《わが》氏人ト成テ、毎年出仕ノ時粟ノ御飯ヲ供御《ぐご》ニ可レ備フ」トゾ宣ケル。今ノ大津ノ神人ハ、彼《か》ノ常世ガ末葉《ばつえふ》也。其時ノ儀式ニ准《なずら》ヘテ、卯月ノ御祭ノ時必ズ粟ノ御々供《ミゴク》ヲ献《たてまつ》ルトカヤ。サテ牛丸ガ船ニ乗給ヘバ、「イヅチヘ渡ラセ御《おはしま》スヤラム」ト怪ミ見タテマツルホドニ、彼ノ庭前ノ大木ノ梢ニゾ現ゼサセ給ケル。牛丸不思議ノ瑞相ヲ拝テ、奇異ノ思ヲ成ス処ニ、「是ヨリ西北ニ勝地アリ。汝、我《わが》氏人トシテ、草ヲ結タラムヲ験《しるし》ニテ、宝殿ヲ可レ奉レ造」ト示シ給ヘリ。牛丸、「サテ御号《みな》ヲバ何ト可レ奉レ号シゾ」ト申ケレバ、「竪《たて》ニ三点ヲ立《たて》、横ニ一点ヲ引《ひき》、横ニ三点ヲ引テ竪ニ一点ヲ可レ立ッ」ト教ヘ給ヘリ。則《すなはち》山王ト云文字也。牛丸神明ノ教ニ任テ、西北ノ方ヘ尋行テ見ニ、封ユヒ結ベル所ア

リ。是ヲ験トシテ宝殿ヲ造進シ、大木ノ上ニ顕レ給タリシ御影《みえい》ヲ奉レ摸《かたどり》[2]テ被
レ祝給ヘリ。今ノ大宮ト申ハ是也。自レ爾以降《それよりこのかた》、大小ノ神祇年々歳々ニ跡ヲ垂給
ヒテ、彼モ此モ眷属ト成給ヘリ。二宮者《は》狗留尊仏ノ時ヨリ、神明ト顕レ給ニケ
リ。始《はじめ》修禅ノ北、横川ノ西南ニ、大比叡ト云《いふ》山ノ中ニ御シケルガ、東南ノ麓
ニ移住シ給ケルニ、今ノ大宮来リ給ケレバ、其《その》所ヲ避《さ》ラセ給テ、樹去[3]ノ西《にしの》敷
地ニ移住シ給ヘリ。地主権現、十禅師ト申ハ、天照大神《てんせうだいじん》ノ御子也。惣《そうじて》日域《じちゐき》ノ
地主《ぢしゅ》ニテゾ渡ラセ給ケル。彼三聖《かのさんしやう》ハ伝教大師ニ契ヲ結テ、吾山《わがやま》ノ仏法擁護《おうご》ノ
鎮守トシテ、学徒ヲ省《はぐく》[4]ミ、円宗ヲ守ント誓ヒ給テ、三聖共出家授戒セサセ御《おはしま》
シ、同ク法号ヲ被レ授給ヘリ。唐ノ天台山ノ麓ニモ、山王垂跡《すいしやくし》御スト云ヘリ。
伝教ハ天台ノ化身ナレバ、権者ノ儀モ合給ケルヤラムト、貴《たふと》ゾ覚ル。住吉明
神ハ地主五代ノ尊《みこと》也。始ハ悪神《あくじん》トシテ、一百一十ノ邪神ニ伴テ、仏法ヲ不リ二
信給ハ一ケルニ、伝教大師彼《か》ノ御社《みやしろ》ニ詣テ、仁王経ヲ被二講読一ケレバ、邪心ヲ改
メ仏法ノ大檀那ト成テ、円頓ノ教ヲ守ント誓ハセ給テ、大宮ニ移住セサセ給ヘ

1 一字虫損。補った。
2 摸カタトル・ウツス（類聚名義抄）
3 「樹去」に「本ノマヽ」と傍書。
4 省ハク、ム（類聚名義抄）。第一本卅七「毫雲事付山王効験之事付神輿祇園ヘ入給事」にも「ハク、ミ」とルビ。

リ。東竹林是《これ》也。彼《かの》御託宣ニ云《いはく》、「天慶年中ニ誅二セシ凶徒一ヲニハ、吾レ大将トシテ、山王ハ副将軍ナリキ。康平ノ官軍ニハ、山王大将、吾副将軍タリキ。凡ソ吾朝《わがてう》ノ大将トシテ、夷賊ヲ征伐スル事、既ニ七ケ度ナリ。山王ハ鎮《とこしな》ヘニ一乗ノ法味ニ飽満シ給ヘルガ故ニ、勢力《せいりき》吾ニ勝レ給ヘリ」トゾ示シ給ケル。八幡《はちまんの》若宮モ伝教大師ニ契ヲ結ビ給テ、我宗ヲ守ントテ大宮ニ御ス。西竹林是也。

卌二　高松ノ女院崩御之事

安元[1]二年六月十二日ニ、高松女院隠《かくれ》サセ給ニケリ。御年三十三。是ハ鳥羽院《とばのゐんのだいろくの》第六姫宮、二条院《にでうのゐんの》后ニテ御シキ。永万元年ニ御歳二十二ニテ御出家アリキ。大方ノ御心ザマワリナキ人ニテ、惜ミ奉ケリ。

1　本章段は、附箋に書かれている。

卌三　建春門院崩御之事

同《おなじき》七月[1]八日、建春門院隠《かくれ》サセ給ヌ。御歳三十五。是ハ贈左大臣時信御娘ナリ。法皇ノ女御ニテ、当帝ノ御母儀ナリ。先年不例ノ時、御願《ごぐわん》ヲ果《はたさ》ムトテ、御歩行《かち》ニテ御熊野参詣アリケリ。四十日ニ本宮ヘ詣着《まゐりつか》セ給テ、権現法楽《ほふらく》ノ為ニ[2]胡飲酒《コインジユ》ト云《いふ》舞ヲマハセテマシ〳〵ケルニ、俄ニ大雨フリケレドモ舞ヲ不レ止《や》メ、ヌレ〳〵舞ケレバ、宣旨ヲ反《かへ》ス舞ナレバ、権現メデサセ給ケルニヤ、忽ニ天晴《そら》テ、サマ〴〵ノ霊瑞ドモ有ケリ。サテ御下向有テ、幾程ヲ不レ経シテ、去《いん》ジ春《はるの》比《ころ》ヨリ御身中《おんみのうち》苦クシテ、世中ヲアヂキナク[3]思食《おぼしめし》テ、去《いんじ》六月十日院号御辞退アリ。今朝ニ御出家、夕ニ無常ノ道ニ趣《おもむき》給フ。院、内《うち》ノ御歎、何《いづ》レモ不レ愚ナラ。天下諒闇ノ宣旨ヲ被レ下、其御孝養《そのごけうやう》ノ為ニ、殺生禁断ト云事ヲ被レ行ケル。

折節伯耆僧都玄尊、近江国大鹿庄ヲ被レ召テ歎ケルガ、御歎[4]漸《やうやう》期《ご》過テ、人々御目サマシ申ケル時、玄尊立テ、[5]「殺生禁断トハ」ト云《いひ》、舞ヲ至ス事三度アリキ。院ノ御前近ク参テ、「大鹿ハ取《とられ》ヌ」ト申テ走入ヌ。院エツボニ入セマシ〳〵テ、彼《かの》大鹿庄ヲ返《かへし》賜リニケリ。

1 「八」の右に「一」と傍書。
2 「胡」に声点⑤、「飲」に声点⑦、「酒」に声点⑧
3 「チキ」の右に「無端」と傍書。天正本・易林本節用集・キリシタン版落葉集などに「無端」を「あぢきなし」と読む。
4 「カ」と「歎」の間に○印、「御」と傍書。
5 「殺生禁断トハト云舞ヲ至ス事三度アリキ」、長門本「せつしやうきんたんとはいへとも〳〵と三と申て」

卅四　六条院崩御之事

同《おなじき》廿七日、六条院崩御ナル。御歳十三。故二条院ノ御嫡子ゾカシ。御年五歳ニテ太上天皇ノ尊号アリシカドモ、未ダ御元服モ無テ崩御ナリヌルコソ哀ナレ。

加様《かやう》ニ打続《うちツヾキ》天下ニ歎《なげき》ノミ多ク、人ノ心ノ定ラザル事ハ、偏ヘニ平家ノ一門ノミ栄テ、一天四海ヲ掌《たなごころ》ニ拳《にぎり》[1]テ、先例ニ違《たがへ》ル務《まつりごと》[2]ヲ申行《まうしおこな》ヘル故トゾ内々ハ申アヒケル。

1　拳ニギル（類聚名義抄）
2　務マツリコト（類聚名義抄）。濁点は、天正本・易林本節用集による。

卅五　平家意ニ任テ振舞事

推古天皇ノ御宇、聖徳太子十七箇条憲法ヲ作給テ、世ノ不調《ふでう》[1]ナル事ヲ顕シ給シカドモ、大方ノ禁《いましめばかり》[2]許ニテ、当代ノ御煩《わづらひ》ニ非ザリキ。文徳天皇《もんどくてんわうの》御宇、不比等ノ大臣《おとど》律令ヲ撰給キ。各《おのおの》十巻ノ書ヲ作テマシ〳〵シカドモ、是ヲ閣《さしおき》テ僻《ひが》マレシカバ、被レ行ザリキ。其後《そののち》百余年ヲ経テ、淳和帝ノ御宇ニコソ、世乱レ直《すぐ》ナラザリシカバ、法令ヲ先トシテ、代《よを》治メ給テ四百余歳、其ヨリ以来《このかた》、代ハ日ヲ送テ衰ヘ、人ハ時々ニ随テ僻メリ。平治ノ逆乱《げきらん》ノ時マデハ、源平両氏肩ヲ並テ、互ニ朝敵ヲ被レ鎮《しづめ》キ。此《この》両氏皇化ニ随ヒ奉ル歟《か》ト見《みえ》シ程ニ、平治以後、源氏滅テ平家奢《おごり》テ、恐ル、方無シ。大政入道天下ノ政ヲ執行《しゆぎやう》シテ、非義非例ヲ重《かさね》シカバ、争《いかでか》神慮ノ恵《めぐみ》可レ然《しかるべき》。政務ヲ執リ行ハム日ハ、我《わが》心不調ニシテハ不レ可レ有。「上鎮《しづまり》テ下乱レヌ[3]」ト云ヘリ。「身正《ただしく》シテ影曲《ゆが》ム[4]事無シ」トコソ申《まうす》メレ。サレバ、「人ノ煩ヲ不レ可レ致」トゾ人申ケル。

1 不調フデウ（黒本本節用集・伊京集）
2 禁イマシメ（類聚名義抄）。
3 「ヌ」の右に「ス歟」と傍書。
4 曲ユカム（類聚名義抄）

卅六　山門衆徒内裏へ神輿振奉事

治承元年丁酉四月十四日、御祭ニテ有ベカリケルヲ、大衆《だいしゆ》打留テ、同《おなじき》十三日辰尅ニ、衆徒《しゆと》日吉七社ノ御輿《みこし》、同《おなじく》八王子、客人、十禅師[1]等ノ三社、山一社ノ神輿《しんよ》ヲ陣頭ヘ振下《ふりくだし》タリ。師高ヲ可レ被二流罪一由訴申サントテ、西坂本、下《さが》リ松、切堤、賀茂河原、忠須、梅多田、東北院《とうぼくゐん》、法城寺ノ辺、神人《じんにん》、宮仕《みやじ》充満シテ、

1 「禅」の右に「七」と傍書。

声ヲ上テヲメキ叫ブ。京白河《しらかはの》貴賤上下集来《あつまりきたり》テ、奉レル拝レシ之ヲ。就レテ其レニ祇園ニ一社、京極ニ二社、北野ニ二社、都合十一社ノ神輿ヲ陣頭ヘ奉レル振リ。其時ノ皇居ハ里内裏閑院殿ニテ有ケルニ、既ニ神輿[1]二条烏丸室町辺ニ近《ちかづ》キ御ス。

其時《そのときの》平氏ノ大将ハ小松内大臣重盛公、俄事《にはかごと》ナリケレバ、直衣《なほし》ニ柏《アコメ》サシハサミテ、金作《こがねづく》リノ大刀《たち》帯《はき》テ、連銭《れんぜん》葦毛ノ馬ノ太ク逞マシキニ、黄伏輪《きぶくりん》ノ鞍置テゾ乗《のら》レケル。伊賀、伊勢両国ノ若党共三千余騎相具セラレタリ。東面《ひがしおもて》ノ左衛門陣ヲ固メタリ。

源氏ノ大将兵庫頭頼政ハ、結紋紗《けつもんしや》[2]ノ狩衣ニ、紫ノ指貫《さしぬき》[3]生絓《くくり》テ、火威《ひをどし》ノ鎧ニ、切符矢《きりふの》ニ、重藤《しげどう》ノ弓ノ真中取テ、二尺九寸ノイカモノ作リノ大刀ハキテ、烏帽子ノ縁《へ》リ引切テ押入テ着ルマヽニ、鹿毛《かげ》ナル馬ニ、白伏輪《しろぶくりん》ノ鞍置テ乗タリケリ。連《つづ》クノ源太《げんだ》、授《サヅク》、省《ハブク》、競《キヲフ》、唱《トナフ》ヲ始トシテ、一人当千《いちにんたうぜん》ノハヤリ男《を》ノ若党三百余人相具シテ、北ノ陣ヲ固メタリ。神輿彼《かの》門ヨリ入給ベキ由聞エケレバ、頼政馬

ヨリ下テ甲《かぶと》ヲ脱グ。大将軍カクスレバ、家子郎《いへのこ》等モ又如《かくのごとし》レ此。大衆是ヲ見テ、

「様有《やうある》ラム」トテ、暫ク神輿ヲ舁留《かきとどめ》タテマツル。頼政ガ郎等渡部ノ競ノ瀧口ヲ召テ、大衆ノ中ヘ使者ニ立ツ。競ハ生年三十四、長《たけ》七尺バカリナル男《をのこ》ノ、白ク清ゲナルガ、褐衣《かちん》ノ鎧直垂ニ、[4]大荒目ノ鎧ノ小桜ヲ黄ニ反《かへ》シタル、裾《スソ》金物打タルニ、豹《ヘウノ》皮ノ尻鞘《しりざや》ノ大刀帯《はき》テ、[5]黒《くろ》ツ羽《ば》ノ征矢《そや》ノ角筈《つのはず》入タル廿四指タル、頭高《かしらだか》ニ負成《おひなし》テ、塗籠藤《ぬりごめどう》ノ弓ノニギリ太《ぶと》ナルニ、大長刀歩行走《おほなぎなたかちはしり》ニ持セテ、弓手《ゆんで》ノ脇ニ相具《ぐし》タリ。鹿毛ナル馬ノ太ク逞《たくまし》キニ、黒鞍置テゾ乗タリケル。神輿近付セ給ケレバ、馬ヨリ飛下テ、甲《かぶと》ヲヌギ左肩ニカケ、弓取リ直シ、御輿ノ前ニ跪《ひざまづい》テ申ケルハ、「此《この》北ノ陣ヲバ源ノ兵庫頭頼政ノ固メテ候ガ、『大衆《だいしゅ》ノ御中ヘ申セ』ト候ハ、『昔ハ源平両家《りやうか》左右ニ並テ少モ勝劣候ハザリシガ、源氏ニヲイテハ、保元、平治ノ比《ころ》ヨリ皆絶失《たえうせ》テ、大略無《なき》ガ如シ。六孫王ノ末葉《ばつえふ》トテハ、頼政バカリコソ候ヘ。山王ノ御輿陣頭ヘ入ラセ御《おはしま》シ候ベキ由、其《その》聞エ候間、公家殊ニ騒《さわぎ》驚《おどろかせ》御《おはしまし》テ、源平ノ軍兵《ぐんびやう》四方ヲ可レ固由宣旨ヲ被レ下候。王土ニハラマレ

1 「輿」の下に「ヲ」とあり、見せ消ち。

2 「顕紋紗」の誤り。長門本「けんもんしや」

3 「生」、長門本「上」

4 「鎧直垂ニ」の下に○印。「小桜ヲ黄ニ反シタル」の下にある「大荒目ノ鎧ノ」に附された移動記号に従って移した。

5 「くろつば」、「くろづは」とも。

ナガラ勅命ヲ対捍《たいかん》セムモ其恐《そのおそれ》候テ、慭《なまじひ》ニ此《この》門ヲ固《かため》候。又今度山門ノ御訴訟理運之条、勿論ニ候。御聖断《せいだん》遅々コソ余所《よそ》ニテモ遺恨ニ候ヘ。其《その》上頼政元ヨリ神明ニ首《かうべ》ヲ傾ケ奉タル身ニテ候ヘバ、ワザト此門ヨリコソ入レ奉ルベウ候間、門ヲコソ開テ候ヘ。但《ただし》於㆓自今以後《じごんいご》㆒者《は》、永ク弓矢ノ道コソ離レハテ候ハンズレ。神威ニ怖《おそれ》奉テ、御輿ヲ入《いれ》奉リ候ハヾ、綸言《りんげん》ヲ軽ズル過《とが》アリ。宣旨ヲ重ジテ神輿ヲ防《ふせき》奉ラバ、冥《みやう》ノ照覧難《シ》レ測リ。進退惟《しんだいコ、ニキハマ》谷レリ。[1]且《かつは》又小松内大臣以下ノ官兵《くわんびやう》大勢ニテ固テ候門々ヲバ破給ハデ、頼政《よりまさが》僅ナル無勢《ぶせい》ノ所ヲ御覧ジテ、入セ御《おはしま》シヌル物ナラバ、山ノ大衆ハ目《め》ダリ印治《いんぢ》ヲシケリナド、人ノ申候ハン事モ山ノ御名折《おんなをり》ニテヤ候ハンズラム。且ハ殊ニオドロ〳〵シク天聴ヲ驚シ奉ント思食《おぼしめ》サレ候ハヾ、東面《ひがしおもて》ノ左衛門ノ陣ハ小松内大臣三千余騎ニテ固メテ候。多勢《たせい》ノ門ヲ打破テ入セ御《おはしま》シ候ハヾ、弥《いよい》ヨ神威ノ程モ顕レテ、大衆ノ御威《おんいきほひ》[2]モ今一気味《いまひときみ》ニテ候ヌベケレバ、神輿ヲバ左衛門ノ陣ヘ廻シ入奉ラルベウモヤ候ラム。所詮カク申候ハン上ヲ、猶破給ハヾ、不㆓力及㆒候。後代ノ名惜ク候ヘバ、命ヲバ山王大師ニ奉リ、骸《かばね》ヲバ神輿ノ前ニテ曝《サラ》[3]シ候ベシト申セ』ト候。御使ハ渡部党ニ、箕田《みた》ノ源七綱ガ末葉《ばつえふ》、競ノ瀧口ト申《まうす》者ニテ候」トテ、射向《いむけ》ノ袖引ツクロヒテ、畏《かしこまり》テゾ候ケル。大衆是ヲ聞テ、「何条《なんでふ》別ノ子細ニヤ及ベキ。只破レ」ト云《いふ》者モアリ、又、「暫ク僉議セラレヨヤ」ト云者モアリ。其中《そのうち》ニ、西塔法師《ぼふし》ニ摂津竪者《りつしや》毫雲ト申ケル、三塔一ノ言ヒ口、大悪僧ナリケルガ、萌黄ノ糸威《いとをどし》ノ腹巻衣《ころも》ノ下ニ着、大刀《たち》脇ニハサミ、進出テ申ケルハ、「今頼政ガ条々所二立申《たてまうす》一、非レ無二其謂《そのいはれ》一。神輿ヲ奉《テ》二先立一、衆徒被二訴訟《そしようせらるる》一ナラバ、善悪《ぜんあく》大手ヲ打破テコソ後代ノ名モイミジカラメ。且ハ又頼政ハ六孫王ヨリ以来《このかた》、弓箭ノ芸ニ携テ未ダ其《その》不覚ヲ聞カズ。於二武芸一者為二当職一者《はたうしよくたるもの》ヲイカヾハセム。加《しかのみ》之《ならず》風月ノ達者、和漢ノ才人《さいじん》ニテ、世ニ聞ユル名人ゾカシ。一年《ひとと》セ[4]故院ノ御時、鳥羽殿ニテ中殿御会ニ、「深山ノ花」ト云題ヲ簾中《れんちう》ヨリ被レ出タリケルヲ、当座ノ事ニテ有ケレバ、左中将有房ナド聞エシ歌人モ読煩《よみわづらひ》タリシヲ、頼政召シヌカレテ、則チ仕《つかまつり》タリ、

1 底本、「惟」を「ここに」と読ませる。進退惟谷シンダイコ、ニキハマル(伊京集・易林本・書言字考本節用集)。ただし長門本の当該箇所「しんたいこれきはまれり」
2 威イキヲヒ(易林本節用集)
3 底本ルビ「サラシ」。衍字と判断して「シ」を削除。
4 「故院」の右に「近衛院」と傍書。

ミ山木ノソノ梢トモワカザリシニ[1]桜ハ花ニアラハレニケリ

ト読テ、叡感ニ預シゾカシ。弓箭取テモ並ブ方ナシ、歌道ノ方ニモヤサシキ男《ヲノコ》ニテ、山王ニ頭《かうべ》ヲ傾ケ進《まゐら》セタル者ノ固メタル門ヨリハ、争《いかで》カ情ナク破テ可《べき》奉入《いれ》。頼政ガ申請《まうしこふ》旨ニ任セテ、東面《ひがしおもて》ノ左衛門陣ヘ神輿ヲ舁《か》キ直シ進《まゐら》セヨヤ」ト云ケレバ、「尤々《もつとも》」ト、一同シテ左衛門ノ陣ヘ奉ル舁キ。御神宝朝日ニ輝《かかや》キテ、日月ノ光《ひか》リ地ニ落給ヘルカト疑ハル。

軈《やがて》神輿ヲ奉テ進メ、左衛門ノ陣ヘゾ押入ケル。閑院殿ヘ神輿ヲ奉振事是始也。軍兵《ぐんびやう》馬ノ轡《くつばみ》ヲ並ベテ[2]、大衆神輿ヲ先トシテ押入ムトスル間、心ヨリ外ノ狼籍出来テ、武士ノ放ツ矢十禅師ノ御輿ニタツ。神人《じんにん》一人、宮仕《みやじ》一人矢ニ当テ[3]死ヌ。其外《そのほか》疵ヲ被《かうぶ》ル者多シ。カヽル間、大衆、神人ノヲメキ叫ブ声、梵天《ぼんでん》マデモ及ブラムトヲビタヽシクゾ聞エケル。貴賤上下悉ク身毛《みのけ》竪《だ》ツ。大衆神輿ヲ陣頭ニ奉テ捨置、泣々本山ヘ帰登《かへりのぼり》ニケリ。

1　「ワカサリシニ」、長門本「みえさりし」

2　「テ」と「大」の間に○印がある。脱文があるか。長門本により、「ふせき奉りけれとも」と補える。

3　「当」の右に「中」と傍書。

卅七　毫雲事
付山王効験之事
付神輿祇園へ入給事

彼《かの》毫雲訴訟有テ、後白河院へ参タリケルニ、折節法皇南殿《なでん》ニ出御アリ。或殿上人ヲ以テ、「何者ゾ」ト御尋アリケルニ、「山僧摂津竪者《つのりつしや》毫雲ト申《まうす》者ニテ候」ト奏ス。「サテハ山門ニ聞ユル僉議者ゴサムナレ。己ガ山門《さんもんの》講堂ノ庭ニテ僉議スラム様ニ只今申セ。訴訟有ラバ直《ただ》ニ御聖断《せいだん》有ベキ」由、被二仰下一。毫雲頭《かうべ》ヲ地ニ傾テ、「山門ノ僉議ト申候ハ、殊ナル事ニテ候。先《ま》ヅ[1]王ノ舞ヲ舞候ニハ、面摸《おもてガタ》[2]ノ下ニテ鼻ヲシカムル事ノ候ナル定《ぢやう》ニ、三塔ノ僉議様《せんぎのやう》ハ、大講堂ノ庭ニ三千人ノ大衆《だいしゆ》会合シテ、破レタル袈裟ニテ頭《かしら》ヲ裹《つつみ》テ、入堂杖トテ二三尺計《ばかり》候杖ヲ面々《めんめん》ニ突テ、道芝ノ露打払テ、小キ石ヲ一ヅヽ持候テ、其《その》石ニ腰ヲ係《か》ケ、居並《ゐなみ》テ候ヘバ、同宿《どうじゆく》ナレドモ互ニ見知《みしら》ヌ様ニテ候。『満山《まんざんの》大衆立廻《めぐ》ラレ候ヘヤ』トテ、訴訟ノ趣ヲ僉議仕《つかまつり》候ニ、可レ然《しかるべき》ヲバ、『尤々《もつとも》』ト同ジ候。不レ可レ然《ざる》ヲバ、『無レ謂《いは》レ』ト申候。我《わが》山ノ定レル法ニ候。勅定ニテ候ヘバトテ、ヒタ頭《かし》ラニテハ、争《いかで》カ僉議仕候ベキ」ト申タリケレバ、法皇興ニ

1　「先」と「王」の間に○印、右に「刂亻」と傍書。異本に「ツ」とあるとの意か。異本注記に従った。
2　「摸」の右下に「本マヽ」と傍書。

入セ御《おはしまし》テ、「サラバ、トク出立《いでたち》テ、参テ僉議仕レ」ト被二仰下一。毫雲勅定ヲ蒙テ、同宿十余人ニ頭《かし》ラ裹《つつま》セテ、下部《しもべ》ノ者共ニハ直垂、小袴ナドヲ以テゾ頭ヲバ裹セケル。已上十[1]三人バカリ引具シテ、御前ノ雨打ノ石ニ尻係《かけ》テ、毫雲己ガ訴訟ノ趣、事ノ始ヨリ一時《ひととき》申タリケレバ、同宿共兼テ議シタル事ナレバ、一同ニ、「尤《もつとも》々」ト申タリ。法皇興ニ入セ御《おはしま》シテ、当[2]座ニ御勅裁蒙タリシ毫雲トゾ聞エシ。

蔵人左少弁仰《おほせ》ヲ奉《うけたまはり》[3]テ、先例ヲ出羽守師尚ニ被レ尋。「保安四年癸卯七月神輿入洛《じゆらく》ノ時ハ、座主ニ仰テ、神輿本山へ被レ奉レ送。又保延四年戊午御入洛ノ時ハ、祇園ノ別当ニ仰テ、神輿祇園社奉レ送」ト勘《かんがへ》申ケレバ、殿上ニテ俄ニ公卿僉議有テ、「今度ハ可レ為二保延例一」トテ、「神輿ヲ祇園社へ可レ奉レ渡」之由、諸卿一同ニ被レ申ケレバ、未剋ニ及テ、彼社《かのやしろの》別当権大僧都澄憲ヲ召《めし》、「神輿ヲ可レ奉レ迎」之由被二仰下一。澄憲被レ申ケルハ、「天下無双《てんがぶさう》ノ垂跡《すいしやく》、鎮護円宗ノ霊神也。白昼ニ塵灰《ぢんくわい》ノ中ニ蹴立進《けたてまゐら》セテ、当社へ奉レ入事、生々世々《しやうじやうせぜ》可二口惜一ル。

王法《わうぼふ》ハ是《これ》仏法ノ加護ヲ以テ国土ヲ持《たも》チ給フニ非《あらず》ヤ。サレバ、昔仁明天皇ノ御宇弘仁九年、諸国飢饉シ、疫癘《エキレイ》衢《チマタ》ニ起テ、死人道路ニ充ツ。其時帝《みかど》民ヲ省《ハグヽミ》給フ御志探《ふかく》シテ、諸寺諸山ニ仰テ是ヲ祈セ給ケレドモ、更ニ其験《そのしるし》無シ。帝弥《いよいよ》歎思《おぼしめし》食テ、叡山ノ衆徒《しゆと》ニ仰テ、是ヲ可レ祈由被二宣下一。三塔会合シテ、『此《この》御祈何《いか》ガ可《カル》レ有ルラム。昔ヨリ雨ヲ祈リ日ヲ祈ル事ハ有シカドモ、飢饉、疫癘立チ所ニ祈留《いのりとどむ》ル例《ためし》、未二承及一。サレバトテ、辞申《じし》サバ、王命ヲ背クニ似タリ。
4 進退惟谷《しんだいここにきはま》レリ』ト云《いふ》衆徒モアリ。又、『仏法ノ威験不レ疎《おろソカ》ナラ。飢饉ナリトモ、ナドカ我山《わがやま》ノ医王山王ノ御力ニテ可《キ》レ不《ル》レ退《しりぞけ》玉ハナレバ、護国利民ノ方法、凶害消除ノ祈禱ニハ仁王経ニ不レ可レ過』トテ、三千人ノ衆徒異口同音ニ丹誠《たんぜい》ヲ致シテ、根本中堂、大講堂、文殊楼ニシテ、七ケ日ノ間、十四万七千余座ノ仁王経ヲ奉《ル》二講読一シ。供養ハ地主十禅師ノ社壇ニテ被レ遂ニケリ。比《ころ》ハ卯月半《なかば》ノ事ニヤ、飢饉温病《うんびやう》ニ被レ責テ、親死《しぬ》ル者ハ子歎キニ沈ミ、子ニ後《おく》レタルハ親穢《けが》レケルニ依テ、瑞籬《いがき》ニ臨ム人モ無シ。爰以《ここをもつて》導師説法ノ終方《はてがた》ニ、『卯

1 「十」と「三」の間右に、「二」と傍書、「十二三」とする。長門本は「二三十」
2 「御シテ」の下に〇印。当行「御勅裁」の下にある「当座ニ」に附された移動記号に従って移した。
3 奉ウケタマワル（黒本本・天正本節用集等）
4 進退惟谷シンダイコ、ニキハマル（伊京集・易林本・書言字考本節用集）。第一本卅六「山門衆徒内裏へ神輿振奉事」にも、「惟」を「コ、ニ」と読ませる。ただし、長門本の当該箇所「しんたいこれきはまれり」

月ハ垂跡《すいしやく》ノ縁月《えんぐわち》ナレドモ、幣帛《へいはく》ヲ捧ル人モ無シ、八日ハ薬師ノ縁日ナレドモ、南無ト唱ル音《こゑ》モセズ。緋《あけ》ノ玉墻《たまがき》神サビテ、引ク四目縄《しめなは》ノ跡モ無シ』ト申タリケレバ、衆徒哀ヲ催シツヽ[1]、一度ニ感涙ヲ流シテ、衣ノ袖ヲゾヌラシケル。其夜《その》帝ノ御夢想ニ、比叡山ヨリ天童二人京ヘ下テ、青鬼ト赤鬼トノ多ク有ケルヲ、白払《びやくほつ》ニテ打払ヒケレバ、鬼神共南ヲ指テ飛行ヌト御覧ジテ、『本山ノ祈請已ニ感応シテ、病難モ直リヌ』ト思食《おぼしめ》ス。霊瑞有ケレバ、帝御夢ノ次第ヲ御自筆ニアソバシテ、御感《ぎよかん》ノ院宣[2]ヲ衆徒ノ中ヘ被レ下タリケルトゾ承ハル。即チ国土穏《ヲダヤカニ》シテ、民ノ烟モニギハヒテ、朝ナ夕ナノ煙絶セザリケレバ、御門《みかど》古キ歌ヲ常ニ詠ゼサセ給ケルトカヤ。

　タカキ屋ニノボリテミレバケブリタツタミノカマドハニギハヒニケリ

カヽル目出タク止《や》ム事《ごと》無キ御神ヲ、白昼ニ雑人ニ交ヘ奉テ奉ランレ動カシ事、心憂カルベシ」ト申テ、日既ニ暮レ、秉燭《ヘイショク》[3]ニ及テ、当社神人《たうしやのじんにん》、宮仕《みやじ》詣《まゐり》テ、御輿ヲ祇園社ヘ奉レ入。凡《およそ》神輿入洛事《じゆらくの》、其例《そのためし》ヲ勘《かんがふ》ルニ、永久元年ヨリ以来《このかた》既《すでに》六

1　「テ」をすりけしにして、上に「ツ、」とある。

ケ度也。武士ヲ召テ被レ防事モ度々也。然《しかれ》ドモ正《まさし》ク神輿ヲ奉レ射事先例無シ。今度十禅師ノ御輿ニ矢ヲ射立《いたつる》事、浅猿《あさまし》ト云《いふ》モ愚カナリ。人ヲ怨ル神ヲ怨レバ[4]、国ニ災害起ルト云ヘリ。只天下ノ大事出来ナムトコソ恐レアヒケレ。

2　「院」の右に「勅歟」と傍書。
3　「秉」に声点⑤、「燭」に声点③
4　「人ヲ怨ル神ヲ怨レハ」、長門本「人いきとほり神いかれは」

卅八　法住寺殿ヘ行幸成ル事

十四日ニ、夜中《やちう》ニ、主上腰輿《えうよ》ニ召テ法住寺殿ヘ行幸《ぎやうがう》ナル。内大臣重盛以下《いげ》、供奉人《ぐぶの》々非常ノ警固ニテ、直衣《なほし》ニ矢負テ被ニ供奉一。左少将雅賢、着ニ闕腋束帯《けつてきのそくたいをちやくし》一、平胡簶《ひらやなぐひ》負テ被ニ供奉一セ。内大臣ノ随兵《ずいびやう》前後ニ打囲ミテ、中宮ハ御車《みくるま》ニテ行啓アリ。禁中ノ上下周章《あわて》騒ギ、京中ノ貴賤走迷《はしりまど》ヘリ。関白以下、大臣、諸卿、殿上侍臣《てんじやうの》、皆馳参リケリ。裁報遅々ノ上、神輿ニ矢立チ、神人《じんにん》、宮仕《みやじ》矢ニ当《あたり》テ死ス。衆徒《しゆと》多ク疵ヲ被《かうぶ》ル上ハ、「今ハ山門ノ滅亡此《この》時也」トテ、「大宮、二宮以下ノ七社、講堂、中堂、諸堂一宇モ不レ残《のこさず》焼払テ、山野ニ可レ交ル」由、三千人一同ニ僉議スト聞エケレバ、山門ノ上綱《じやうかう》ヲ召テ、「衆徒申所《まうすとこ》ロ、可レ有二御成敗一」之由、被二仰下一。

十五日、僧綱《そうがう》等、勅宣ヲ奉《うけたまはり》テ、子細ヲ衆徒ニ相触ントテ登山《とうざん》スル処ニ、衆徒等猶嗔《いかり》ヲ成テ追返ス。僧綱等色ヲ失テ逃下ル。

卅九　時忠卿山門へ立上卿事
付師高等被罪科事

院ヨリ衆徒《しゆと》ヲ為二被レ宥メ《なだめられんがために》、「大衆《だいしゆ》ノ欝訴《うつそ》[1]可レ達之由、為《シテ》二勅使一ト可ト二登山《とうざん》一ス」被二仰下一ケレドモ、公卿ノ中ニモ殿上人ノ中ニモ、「我レ上卿《しやうけい》ニ立《たた》ン」ト申《まうす》人無シ。皆辞《じし》申ケル間、平大納言時忠、其時ハ左衛門督ニテヲハシケルヲ、「可二登山一」之由、被二仰下一ケレバ、時忠心中ニハ「益《やく》無キ事哉《かな》」ト被レ思ケレドモ、君ノ仰《おほせ》難レ背キ上、「多クノ人ノ中ニ、思食入《おぼしめしいれ》テ被《おほせくださるる》二仰下一事面目《めんぼく》」ト存テ、殊ニキラメキテ出立給ヘリ。侍一人花ヲ折テ装束ス。雑色四人当色《ざふしきよつたりたうじき》[2]ニテ、万《よろ》ヅ清ゲニテ登山シテ、大講堂ノ庭ニ立レタリ。三塔ノ大衆《だいしゆ》如レ蜂ノ起リ合テ、院々谷々ヨリオメキ叫テ群集《くんじゆ》スル有様、オビタ、シナドハ不レ斜《なのめならず》。時忠卿色ヲ失ヒ、神[3]《たましひ》ヲ消シテ、打アキレテ被レ立タリケルニ、衆徒《しゆと》等時忠ヲ見テ、弥《いよいよ》嗔《いかり》テ、「何故ニ時忠可キ二登山一スゾヤ。返々《かへすがへす》奇怪ナリ。既ニ山王大師ノ御敵ナリ。速《すみやか》ニ大衆《だいしゆの》中ヘ引入テ、シヤ冠ヲ打落シ、足手ヲ引張《ひきは》リ、本鳥《もとどり》切テ、湖ニ逆《さかさ》マニハメヨ」ト、音々《こゑごゑ》ニ詈《ののし》リケルヲ聞テ、共ニ有ツル侍モ雑色モ、イヅチカ行ヌラム、皆逃失ヌ。時忠危ク被レ思ケレドモ、本ヨリ猿《さる》人ニテ、乱ノ中ノ面目トヤ被レ思ケム、騒ガヌ体ニテ宣ケルハ、「衆徒ノ所レ被レ申尤《もつとも》其謂《そのいは》レアリ。但《ただし》人ヲ損《そんず》ルハ君ノ御歎タルベキ。非例ヲ被二訴申一間《あひ》ダ、御裁許遅々スル事ハ国家ノ法也。サレドモ今御成敗有ベキ由被二仰下一之上ハ、衆徒強《あなが》チニ被ンレ成サレ嗔《いかり》ヲ哉」トテ、懐ヨリ小硯ヲ取出シテ、諸司ヲ召寄テ水ヲ入サセ、畳紙《タヽウがみ》ヲ押開テ一句ヲ書テ、大衆《だいしゆの》中ヘ投出サレタリ。其詞《そのことばにいはく》云、

衆徒致二濫悪一、魔縁之[4]所行歟。明王加二制止一、善逝之加護也。

1 「欝」に声点③
2 四人 Yottari（日葡辞書）
3 神タマシヒ（易林本節用集）
4 「縁」と「所」の間に○印、右に「之」と傍書。

衆徒濫悪を致すは魔縁の所行か。明王制止を加ふるは善逝の加護なり。

トゾ被レ書タリケル。諸司此《この》一筆ヲ捧テ、サシモドヾメク大衆ノ前毎ニ披露ス。或ル大衆是ヲ見テ、「面白クモ被レ書タル一筆哉」トテ、ハラ〳〵トゾ泣ケル。大衆面々ニ、「現《げ》[1]ニ面白《おもしろく》書タリ」ト感ジ合テ、時忠ヲ引張《ひきはる》ニ不レ及静リニケリ。大衆静リテ後、山門ノ訴訟可レ達之由ノ宣旨ヲゾ被二披露一セケル。其時コソ共ナリツル者共モ、事ガラヨゲニ見エケレバ、コ、カシコヨリ出来テ、主ヲモテナシ奉ケレ。時忠一紙一句ヲ以テ、三塔三千ノ衆徒ノ憤《いか》リヲ休メ、虎口ヲ遁レケルコソ難レ有ケレ。山上、洛中ノ人々、感ジアヘル事限リナシ。「山門ノ衆徒ハ発向ノ喧《カマビス》シキ計《ばか》リ歟《か》トコソ存《ぞんじ》ツレ、理ヲモ知タリケルニコソ。争《いかで》カ御成敗無ルベキ」ナド各《おのおの》申合ケリ。

サテ時忠卿院ノ御所へ被レ参タリケレバ、「サテモ衆徒ノ所行ハ何《いか》ニ」ト不二取敢一御尋アリケリ。時忠、「大方、兎《と》モ角《かく》モ申ニ不レ及バ候。只山王大師ノ助

サセ給タルトバカリ存テ、匍々《はふはふ》逃下テ候。急《いそぎ》可レ有二御裁報一候」ト被二奏聞一セ
ケレバ、此《この》上ハ法皇力及バセ給ハズシテ、廿日加賀守藤原師高解官シテ、尾張
国へ可レ被二配流一之由、被二宣下一。其状云《そのじやうにいはく》、

従五位上加賀守藤原朝臣師高解官追二位尾張国一。職事頭右中弁兼左兵衛督光[2]
能朝臣仰ス、上卿別当忠雅[3]仰ス、右少弁藤原光雅、仰テ二左大史小槻《ヅキ》澄[4]職《モト》一令レ作二官
符一、参議平頼定卿、少納言藤原雅基等、御[5]二政御印官符一。又仰云、検非違使
右衛門志中原重成、早配所ヘ可二追遣一者、今月十三日、叡山衆徒日吉社捧二神輿ヲ一、
令レ軽二勅制一、依レ令三乱二入陣中一、警固之輩相二禦凶党ヲ一之間、其矢誤中二神輿ニ一
事、雖レ不レ図ラ、何不レ行二其科一。宜下仰二検非違使ニ一、召中平利家、同家兼、藤原
通久、同成直、同光景[6]、田使俊行等上。所下令二禁獄一給上者也[7]。加賀守師高流罪、
并奉レ射二神輿ヲ一官兵共六人禁獄事、今日已宣下畢。件間事、一二通遣レ之。以二此
旨一可下令三披二露山上一給上之由所レ候也。

恐々謹言。

1　同じ行の上の余白部分に、「勝《ケニ》」とある。
2　「右中弁」の右に「権中納言イ」と傍書。長門本は「職事権中納言光能」
3　「雑」の右に「雅歟」と傍書。傍書に従った。長門本、以下、「忠親、々々右少弁藤原光雅仰、光雅左大史小槻隆職仰、官符ツイラン、参議平頼定……」とある。
4　「澄」の右に「隆イ」と傍書。
5　「御政御印官符」、長門本「参請印官符」
6　「光」の右に「元イ」と傍書。
7　「給」と「也」の間に〇印、右に「者」と傍書。

権中納言藤原光能

四月廿日

執当法眼御房へ

従五位上加賀守藤原朝臣師高を解官して尾張国に追位す。職事頭右中弁兼左兵衛督光能朝臣仰す、上卿別当忠雅仰す、右少弁藤原光雅、左大史小槻澄職に仰せて官符を作らしめ、参議平頼定卿、少納言藤原雅基等、御印を官符に御政す。又仰せて云はく、検非違使右衛門志《うゑもんのさくわん》中原重成、早く配所へ追ひ遣《つかは》すべし者《てへ》れば、今月十三日、叡山の衆徒日吉社に神輿を捧げ、勅制を軽んぜしめ、陣中に乱入せしむるに依り、警固の輩《ともがら》凶党を相禦《ふせ》く間、其の矢誤りて神輿に中《あた》る事、図らずと雖も、何ぞ其の科《とが》を行はざらん。宜しく検非違使に仰せて、平利家、同じく家兼、藤原通久、同じく成直、同じく光景、田使俊行等を召すべし。禁獄せしめ給ふ所の者なり。加賀守師高流罪、并びに神輿を射奉る官兵《くわんびやう》共六人禁獄の事、今日已《すで》に宣下し畢《をは》んぬ。件《くだん》の間の事、二通之を遣す。此の旨を以て山上に披露せしめ給ふべき由候ふ所なり。恐々謹言。

四月廿日　　　　　　権中納言藤原光能

執当法眼御房へ

トゾ被レ書タリケル。追書《おつてがき》に云《いはく》、

禁獄官兵等夾名、山上定令二不審一歟。仍内々委相二尋尻付夾名一ヲ、一通所レ被二相副《ソヘ》候一也。禁獄人等、平俊家、字平次、是ハ薩摩入道家季孫、中務丞家資子。同家兼、字平五、故筑前入道家貞孫、平内太郎家継子。藤原通久、字加藤太。同成直、字早尾十郎、馬允成高子。同光景、字新二郎、前左衛門尉忠清子。田使俊行、難波五郎等也。

禁獄の官兵等が夾名《けふみやう》、山上定めて不審せしむるか。仍って内々に委しく尻付《しづけ》の夾名を相尋ね、一通相副《そ》へ候はるる所なり。禁獄人等は、平俊家、字は平次、是は薩摩入道家季が孫、中務丞家資が子。同じく家兼、字は平五、故筑前入道家貞が孫、平内太郎家継が子。藤原通久、字は加藤太。同じく成直、字は早尾十郎、馬允成高が子。同じく光景、字は新二郎、前左衛門尉忠清が子。田使俊行、難波五郎等なり。

加様《かやう》ニコソハ被レ注サケレ。目代師経ヲバ、備前国府[1]へ被レ流ニケリ。

1　底本「符」。改めた。

四十　京中多焼失スル事

廿八日亥時計《ばかり》ニ、樋口富小路ヨリ火出来ル。折節辰巳ノ風ハゲシク吹テ、京中多ク焼ニケリ。終《つひ》ニハ内裏ニ吹付テ、朱雀門ヨリ始テ、応天門《おうでん》[1]、会昌門《クワイしやう》、大極殿[2]、豊楽院《ブらく》[3]、所司、八省《はちシヤウ》、大学寮、真言院、勧学院、穀蔵院、冬嗣ノ大臣ノ閑院殿、惟喬御子《これタカのみこ》ノ小野宮、菅丞相《しようじやう》ノ紅梅殿、梅殿、桃殿、良明大臣ノ高松殿、具平親王ノ秋ヲ好《このみ》シ千草殿、三代ノ御門ノ誕生シ給シ京極殿、忠仁公ノ染《そめ》殿、清和院ノ、貞仁公《ていじんこうの》故一条院、山吹サキシ故二条院、照宣《せうぜん》[4]公ノ堀河殿、萱御殿[5]、高陽院《かやの》、寛平法皇ノ亭子院、永頼《えいらい》ノ三位ノ山ノ井殿、紫雲立シ公任《キンタフ》ノ大納言ノ四条ノ宮、神泉園ノ東三条、鬼殿、松殿、鳩井殿、橘逸成《たちばなノイツセイ》《トシナリ》[6][7] 五条ノ后ノ東五条、融ノ大臣ノ河原院、加様《かやう》ノ名所三十余ケ所、公卿ノ家ダニモ十六ケ所焼《やけ》ニケリ。マシテ殿上人、諸大夫《しよだいぶ》ノ家ハ数ヲ不レ知、地ヲ払テ焼ニケリ。樋口富小路ヨリスヂカヘニ戌亥ノ方ヲ差テ、車ノ輪計《ばか》リナル火聚《ホムラ》飛行ケレバ、恐シト云モ愚カナリ。是直事《タヾこと》ニ非ズ。偏ニ叡山ヨリ猿多ク松ニ火ヲ付テ、京中ヲ焼《やく》トゾ、人ノ夢ニ見タリケル。

大極殿ハ、清和天皇《てんわうの》御時、貞観十八年四月九日始テ焼タリケレバ、同《おなじき》十九年正月九日、陽成院ノ御位ハ[8]豊楽院ニテゾ有ケル。元慶元年四月廿一日事始有テ、同三年十月八日ニゾ造畢セラレケル。後冷泉院《ごれいぜいのゐんの》御宇天喜五年[9]四月廿一日ニ、又焼ニケリ。治暦四年八月二日事始有テ、同　年《おなじきとしの》十月十日棟上アリケ

1 「天」に声点②
2 「殿」に声点②
3 「豊」に声点⑥
4 「照」に声点⑦、「宣」に声点⑧
5 「殿」の右に「居イ」と傍書。
6 「逸」に声点③、「成」に声点⑦
7 「成」の下、二字分空白。
8 「ハ」、「ヲハ」をすりけしにして、上に「ハ」とある。
9 「四」に「二イ」と傍書。長門本「二」

レドモ不レ被[1]二造畢一シテ、後冷泉院ハ隠《かくれ》サセ給ヌ。後三条院《ごさんでうのゐんの》御宇、延久四年十月十[2]日造出《つくりいだ》シテ、行幸《ぎやうがう》有ツ、宴会《えんクワイ》[3]行ハル。文人詩ヲ献《ケン》[4]ジ、楽人《がくにん》[5]楽ヲ奏ス。此《この》内裏ハ四位少納言入道信西奉《うけたまはり》二勅宣一ヲ、国ノ費《つひえ》モ無ク、民ノ煩《わづらひ》モ無クシテ、一両年間《いちりやうねんが》ニ造畢シテ、行幸ナシ奉シ内裏也。「今ハ世ノ末ニ成テ、国ノ力衰ヘテ、又造出サム事モ難クヤ有ンズラム」ト歎キアヘリ。

1 「不」と「造」の間右に「被」と傍書。傍書に従った。
2 「十」に「五イ」と傍書。長門本「五」
3 「宴」に声点①、「会」に声点⑦
4 「献」に声点①
5 「楽」に声点④、「人」に声点①

延慶本巻一　年表

高山利弘

凡　例

・本年表は、延慶本巻一における歴史事項をまとめたものである。
・「和暦」「月日」「事項」については、延慶本本文の記述に従って配列した。諸記録との齟齬が確認できる場合であっても修正は加えていない。
・具体的な年月日が記載されていない事項は、前後の文脈を勘案して記載位置を決定した。
・「章段」には、その事項が記されている延慶本巻一の章段番号を明記した。
・「備考」には、諸記録から確認できる事項と依拠資料を摘記した。ただし延慶本の記述が諸記録と一致する場合には、依拠資料のみを記載した。＊は年表作成者が加えた注記である。

西暦	和暦	月	日	事項	章段	備考
七〇五	慶雲2			中宗皇帝即位。	八	
七二八	神亀5			中衛大将を置く。	五	神亀5・7・21（『帝王編年記』）
七四九	天平勝宝元	2		行基菩薩、八十歳にて入滅。	二	天平勝宝元・2・2、80歳で没（『続日本紀』）、2・2、82歳で没（『行基菩薩伝』）
七八五	延暦4	7		伝教大師、十九歳にて比叡山に登り、薬師如来像を作る。	卅一	7月中旬、比叡山入山。延暦7年、等身の薬師仏像を作る（『扶桑略記』『帝王編年記』）

七八八	延暦7			伝教大師、比叡山に本堂を建立、薬師如来像を安置。	卅一	根本中堂を建立、薬師像を作る（『扶桑略記』『帝王編年記』）
七九四	延暦13			平安遷都。桓武天皇、延暦寺を御願寺と定む。	卅一	延暦12年、最澄、延暦寺を造る（『帝王編年記』）延暦13・9・3、根本中堂供養。桓武天皇御願寺となる（『帝王編年記』）10・22、天皇、平安京へ移る（『帝王編年記』）
八〇四	延暦23	4		伝教大師、三十八歳にて入唐。	卅一	延暦23・9・26（『帝王編年記』）
八〇五	延暦24	6		伝教大師、帰朝。	卅一	延暦24・6月、長門国着、8月上洛（『扶桑略記』）
八〇九	大同4			中衛を改め、近衛大将を置く。	五	大同2・4・22（『日本紀略』）
八一八	弘仁9	4	半	仁明天皇の御代、諸国飢饉、疫癘。帝、諸山に祈らせる。	卅七	4・22（『日本紀略』）長門本「嵯峨天皇御時」
八五五	斉衡2	8	28	藤原良房、内大臣左大将。	五	仁寿4（八五四）・8・28、右大臣左大将（『公卿補任』）
		9	25	藤原良相、大納言右大将。兄弟で左右の大将に並ぶ。	五	仁寿4（八五四）・9・23、権大納言右大将（『公卿補任』）
八七六	貞観18	4	9	大極殿、はじめて焼失。	四十	貞観18・4・10（『帝王編年記』『日本紀略』）

八七七	貞観19	1	9	陽成院、豊楽院において即位。	四十	貞観19・1・3（『帝王編年記』『日本紀略』）
	元慶元	4	21	大極殿建設の事始め。	四十	元慶元・4・9（『扶桑略記』『日本紀略』）
八七九	元慶3	10	8	大極殿完成。	四十	（『日本紀略』）
八九〇	寛平2	5	12	高望王、初めて平の姓を下賜される。	一	寛平元・5・13（『日本紀略』）
九四五	天慶8	11	25	藤原実頼、内大臣左大将。藤原師輔、関白大納言右大将。	五	実頼、右大臣左大将。師輔、大納言右大将（『公卿補任』）
	（冷泉院御宇）			道長公の子息、頼通左大将、頼宗右大将。	五	長和4（一〇一五）・10・27～寛仁元（一〇一七）・3・16、頼通、左大将。寛徳2（一〇四五）・11・23、頼宗、任右大将（『公卿補任』） ＊後朱雀院の御宇（寛徳2）、教通左大将、頼宗右大将の誤か
一〇一九	寛仁3			一条天皇、七歳にて即位の例あり。	十三	＊本文「三年」に「二イ」と傍書 寛和2（九八六）・7・22、七歳で即位（『帝王編年記』）
				三条院、十三歳で立太子。	十三	寛和2（九八六）・7・16、十一歳で立太子（『帝王編年記』）
一〇五七	天喜5	4	21	後冷泉院の御代、大極殿焼亡。	四十	＊本文「四月」に「二イ」と傍書 天喜6・2・26（『扶桑略記』『百錬抄』）
一〇六八	治暦4	8	2	大極殿建設の事始め。	四十	（『本朝世紀』）

		10	10	大極殿棟上げ。	四十	（『扶桑略記』『本朝世紀』『百錬抄』）
一〇七二	延久4	10	10	後三条院の御代、大極殿完成。行幸あり。	四十	＊本文「十日」に「五イ」と傍書 4・3、大極殿の造営成る（『扶桑略記』） 4・15、大極殿へ行幸（『扶桑略記』『百錬抄』） 10・25、円宗寺へ行幸（『扶桑略記』『百錬抄』）
一〇九四	嘉保元			美濃守源義綱、円応を殺害。山門憤る。	卅一	嘉保2・10・23（『中右記』『十三代要略』）
		10	24	山門大衆強訴の風聞により、防御のため武士を河原に派遣。後二条関白殿藤原師通、中務丞源頼治に武力行使させる。	卅一	嘉保2（『中右記』『百錬抄』『十三代要略』『天台座主記』）
		10	25	大衆憤り、神輿を中堂へ振り上げ、静信・定学に関白師通を呪詛させる。	卅一	嘉保2・10・25、日吉神輿を根本中堂に安置（『十三代要略』）
				師通、病を受けるが回復。	卅一	
一〇九七	永長2	6	21	師通、御髪の際に悪瘡ができる。	卅一	
		6	27	師通、三十八歳にて薨去。	卅一	承徳3（一〇九九）6・28（『本朝世紀』『長秋記』）
一一二三	保安4	7		神輿入洛のことあり。座主に仰せて、神輿を本山へ送る。	卅七	7・18、神輿入洛。平忠盛・源為義が撃退（『百錬抄』『十三代要略』『一代要記』）
				清盛、靫負佐の時、熊野参詣の途次、鱸、舟に飛び入る。	四	大治4（一一二九）・1・24、清盛、兵衛佐（『公卿補任』）

一一三一	天承元	3	13	得長寿院供養行われる。 忠盛、備前国を賜る。	二	天承2・3・13（『百錬抄』『中右記』）
				鳥羽法皇、忠盛に但馬国を賜り、内の昇殿を許す。	三	天承2・3・13、忠成に遷任の宣旨と内昇殿を許さる（『中右記』） ＊『中右記』「忠成」は「忠盛」の略体か
		11	23	殿上人、忠盛を闇討にせんとするも、忠盛機転を利かし逃れる。	三	
一一三八	保延4			神輿入洛のことあり。神輿を祇園社へ送る。	卅七	4・29（『一代要記』『百錬抄』）
一一四七	久安3	4		山門衆徒、平泉寺を延暦寺末寺とすべき奏状を院庁に送る。	卅	4・7（『台記』『百錬抄』）、4・13（『本朝世紀』）
		4	27	平泉寺を延暦寺末寺とすべき院宣。	卅	5・4、覚宗入滅後、白山を延暦寺末寺とすべきことが仰せ下さる（『百錬抄』）
一一四八	久安4	1	7	邦綱、蔵人頭となる。	廿三	久安4・1・7、蔵人。永万元（一一六五）・7・18、蔵人頭（『公卿補任』）
一一五三	仁平3	1	15	忠盛、五十八歳にて死去。	三	（『本朝世紀』『宇槐記抄』）
一一五四	（久寿元）	2	13	清盛、夢に「口あけ」という天の声を聞く。（清盛、三十七歳）	四	＊清盛「年三十七ノ時」より逆算すると「久寿元」
一一五六	保元元			清盛、保元の乱において安芸守として勲功あり。	四	久安2（一一四六）・2・2、安芸守。保元元・7・11、播磨守（『公卿補任』）
		冬		清盛、大宰大弐となる。	四	保元3（一一五八）・8・10、太宰大弐

						（『公卿補任』）
一一五九	平治元			清盛、平治の乱において勲功あり。	四	
				時忠、解官される。	八	応保元（一一六一）・9・15（『公卿補任』）
一一六〇	平治2			清盛、正三位に叙される。	四	永暦元（一一六〇）・6・20（『公卿補任』『一代要記』）。
	永暦応保の比			故近衛院后、太皇后宮藤原多子、二条天皇に入内す。	八	永暦元（一一六〇）・1・26（『帝王編年記』）
				資長、修理大夫を解官される。	八	応保2（一一六二）・6・2、源資賢、修理大夫解官（『公卿補任』）
				後白河院、清盛に命じて経宗を阿波国、惟方を土佐国へ流罪。	八	永暦元（一一六〇）・2・20、清盛、経宗・惟方を捕縛。3・11、配流（『百錬抄』）。永暦元・3・11、経宗を阿波国、惟方を長門国に配流（『公卿補任』）
一一六〇	永暦元	9	4	藤原基房、左大将。	五	＊本文「九月」に「十イ」と傍書 永暦元（一一六〇）・8・14、左大将。永暦2・9・13、右大将。（『公卿補任』）
		10		藤原兼実、右大将。	五	永暦2・8・19、右大将。（『公卿補任』）
一一六二	応保2	6	23	二条天皇、後白河院近習の資時・時忠を流罪。	八	資賢・通家・時忠・範忠を配流（『百錬抄』） 資賢・時忠流罪（『愚管抄』） 資長・時忠流罪（長門本）

一一六四	長寛2	12	17	後白河院の御願寺、千手観音千体御堂（蓮花王院）、落慶供養あり。主上は行幸せず。	八	（『愚管抄』『醍醐寺雑事記』『一代要記』）行幸あり（『百錬抄』）
一一六五	永万元	春		二条天皇、御不予。	八	2・15（『顕広王記』）
		夏初め		二条天皇第一皇子、二歳にて立太子の由聞こゆ。	八	6・17、立太子のことを定む（『百錬抄』）
		6	25	にわかに親王宣下あり。その夜、譲位（六条天皇）。	八	（『百錬抄』『山槐記』）
		6	27	新帝即位の儀。	九	（『山槐記』）、7・26（『帝王編年記』）
		7	28	新院（二条院）、二十三歳にて崩御。	九	（『百錬抄』『帝王編年記』『一代要記』『顕広王記』）
		8	7	蓮台野へ御葬送。その夜、興福寺・延暦寺の僧徒、額立論。	九、十	（『帝王編年記』『顕広王記』）
		8	9	山門大衆、清水寺へ押し寄せて焼き討ち。	十二	（『百錬抄』『帝王編年記』『顕広王記』）
		12	25	東の御方（＝建春門院）腹の後白河院の皇子（憲仁）、五歳にて親王宣下。	十三	（『百錬抄』）
				高松女院、二十二歳で出家。	卅二	永暦元（一一六〇）・8・19、二十歳で出家（『女院小伝』『百錬抄』）
一一六六	仁安元	10	7	憲仁親王、東三条殿にて立太子。	十三	10・10（『玉葉』『百錬抄』『帝王編年記』）
	（同年）	2	19	春宮、八歳にて大極殿において践祚（高倉天皇）。	十四	＊六条院の受禅後「僅ニ三年」とあるので、仁安三年のつもりか。「同三年」の誤写もしくは仁安三年の記事脱落か。

						仁安3（一一六八）・2・19（『玉葉』『百錬抄』『兵範記』） 仁安3・3・20（『帝王編年記』）
	（同年）	6	17	上皇、御出家、後白河法皇と申す。	十四	嘉応元（一一六九）・6・17（『玉葉』『百錬抄』『兵範記』『帝王編年記』）
				六条院、童形にて太上天皇の尊号あり。	十四 卅四	仁安3（一一六八）2・28（『玉葉』『兵範記』）
一一六七	仁安2			清盛、太政大臣となる。	四	仁安2（一一六七）・2・11（『公卿補任』『玉葉』『山槐記』『百錬抄』）
一一六八	仁安3	11	11	清盛、五十一歳にて出家。	四	2・11（『尊卑分脈』『玉葉』『兵範記』『公卿補任』）
一一七〇	嘉応2	10	16	平資盛等、六角京極にて松殿（藤原基房）一行と参り会い、乱暴を受ける。	十六	7・3（『百錬抄』『玉葉』） 10・20（『帝王編年記』）
		10	21	松殿一行、参内途中に猪熊堀河にて清盛配下の武士に襲われる。	十六	（『玉葉』『百錬抄』『愚管抄』）
		10	22	西八条の門前に乗り合い事件を揶揄する作り物あり。	十六	
				松殿、後白河院に事件を訴える。清盛、漏れ聞いて怒る。	十七	
		10	25	院の殿上にて高倉天皇御元服の定めあり。	十七	（『玉葉』）
		12	9	松殿、兼宣旨を蒙る。	十七	（『玉葉』『公卿補任』）

西暦	年号	月	日	事項	年齢	典拠
	（其の時）	12	14	松殿、太政大臣。	十七	（『玉葉』『公卿補任』）
		12	17	拝賀の儀。	十七	（『玉葉』）
				清盛の第二女、立后の定めあり。	十七	承安元（一一七一）・12・2（『玉葉』）
				妙音院師長、左大将を辞す。	十八	安元3（一一七七）・1・24（『公卿補任』）
一一七一	嘉応3	1	3	高倉天皇御元服。	十九	（『玉葉』『帝王編年記』）
		1	13	高倉天皇、朝覲の行幸。	十九	（『玉葉』）
		3		平徳子、女御として入内。「中宮ノ徳子」と申す。	十九	承安元（一一七一）・12・14、後白河院の猶子として入内（『玉葉』） 承安元・12・26、女御（『玉葉』『女院小伝』）
一一七六	安元2	7		相撲の節あり。	十九	承安4（一一七四）・7・27（『皇帝紀抄』）
		6	10	建春門院、院号辞退。	卅三	6・18（『玉葉』）
		6	12	高松女院、三十三歳にて崩御。	卅二	6・12（『玉葉』） 6・13、三十六歳（『百錬抄』『女院小伝』）
		7	8	建春門院出家、三十五歳にて崩御。	卅三	＊本文「八日」に「一イ」と傍書 （『百錬抄』『玉葉』）
		7	27	六条院、十三歳にて崩御。	卅四	7・17（『玉葉』『百錬抄』『皇帝紀抄』）
		11	29	師高、加賀守となり、非例非法の張行あり。	廿四	安元元・12・29、師高、加賀守（『玉葉』）
一一七七	治承元	1	24	除目。重盛左大将、宗盛右大将となる。	廿	＊本文「治承元年」。安元3・8・4、「治承」に改元

年	月	日	事項	延慶本日付	典拠
					安元3・1・24（『公卿補任』『玉葉』）
			徳大寺実定、厳島に参籠。左大将に任じられる。	廿一	治承元・12・27、任左大将（『玉葉』『公卿補任』）
安元3（一一七七）	2	5	宇河・白山の大衆等一千余人、神輿を振り上げ、宇河を発ち、願成寺に着く。	廿四	長門本「八月五日」
	2	6	大衆等、仏ガ原、金剣宮に着く。一両日逗留。	廿四	長門本「おなじき六日」
	2	9	留守所より白山へ強訴を停止すべき旨の牒状。使者は楠二郎大夫則次・但田二郎大夫忠利等。折り返し白山より拒否の返牒あり。	廿五	長門本「同九日」（牒状の日付は「安元三年二月九日」）
	2	10	大衆等、仏ガ原を出て、椎津に着く。税所大夫成貞、橘二郎大夫則次、留守所より使者として大衆の後陣に追い付く。	廿六	長門本「同十日」
	2	11	成貞・則次、椎津に到来。強訴停止を申し入れる。山門大衆、白山の神輿を敦賀中山にて押し留め、金崎観音堂に入れ、守護す。	廿六	長門本「同十一日」
	2	20	大衆等、山門へ牒状を送り、目代師経の罪科を訴う。	廿七	長門本「安元三年二月廿日」
	2	21	山門より、後白河院熊野参詣ゆえ裁許なき旨の使者を送り、白山の神輿を奪い取り、金崎観音堂に入れて守護す。白山衆徒は神輿を盗み取り、東坂本へ入れる。山門衆徒、白山の訴訟を受け入れ、	廿八	長門本「同廿一日」

年	月	日	事項	段	備考
			神輿を日吉社へ安置す。		
	8		宇河寺の湯屋にて加賀国目代師経の狼藉により、宇河の大衆等と騒動に及ぶ。	廿四	長門本「同（安元）二年八月」
治承元（一一七七）	3	5	除目。内大臣藤原師長は太政大臣、左大将重盛は内大臣となる。	廿二	＊本文に年号なし。廿段の「治承元年」から類推。（『公卿補任』『玉葉』）
			五条中納言邦綱、大納言に昇進。	廿三	1・25、権大納言（『玉葉』） 4・24、権大納言（『公卿補任』＊） ＊『公卿補任』「正月カ」の注記あり
	4	13	山門衆徒、神輿を振りかざして師高の流罪を強訴。重盛が守護する左衛門陣を攻めるが、蹴散らされて本山に戻る。	卅六	（『玉葉』『百錬抄』）
	4	14	山門大衆の騒動のために、日吉祭が中止となる。	卅六	4・15（『玉葉』）
			山門大衆、再び強訴の噂に、高倉天皇は法住寺殿へ行幸。衆徒等、裁決遅滞の事態に山門を自ら焼き払うべきことを僉議。朝廷では山門の上綱を召し、師高の処罰決定を伝える。	卅八	（『玉葉』『百錬抄』）
	4	15	山門の僧綱等、師高の罪科裁決の子細を報告のために登山するも、衆徒等追い返す。	卅八	（『玉葉』）
	4	20	後白河法皇、加賀守藤原師高の解官、尾張国への配流を宣下。	卅九	（『玉葉』『百錬抄』）

		4	28	亥時、樋口富小路より出火、京中焼失。	四十	（『百錬抄』『玉葉』）
一一八一	治承4			土佐房昌春、頼朝挙兵の時、旗を賜る。	十一	
				昌春、義経暗殺に失敗、六条河原にて斬首される。	十一	文治元（一一八五）・10・26（『吾妻鏡』）

解説

栃木孝惟

延慶本平家物語は、紀州那賀郡根来寺に伝来し、現在は、大東急記念文庫に、国の重要文化財として蔵せられている平家物語の一異本である。全六巻十二帖、その内わけは、

第一巻	第一本	一帖
	第一末	二帖
第二巻	第二本	三帖
	第二中	四帖
	第二末	五帖
第三巻	第三本	六帖
	第三末	七帖
第四巻	第四	八帖
第五巻	第五本	九帖
	第五末	十帖

第六巻　第六本　　十一帖
　　　　第六末　　十二帖

という形態をもつ。

この書の根来寺における伝来にかかわっては、第六帖（第三本）、第九帖（第五本）、第十一帖（第六本）に、まず、次のような奥書がある。（〈　〉内の文字は小字・二行割りの文字であることを示す。以下同じ。）

第六帖（第三本）奥書

本云

于時延慶二年〈己酉〉七月廿五日於紀州那賀郡根来寺石曳院之内禅定院之住坊書写之。穴賢、不可有外見披覧之儀而已。

執筆榮厳〈生年三十〉

第九帖（第五本）奥書

于時延慶二年〈己酉〉卯月十日於根来寺之内禅定院之住坊書写之。雖為狂言綺語之誤、為観修因感果之道理矣。穴賢々々不可有外見者而已。

本云

于時延慶三年〈庚戌〉正月廿七日〈子剋〉於紀州那賀郡根来寺禅定院之住坊書写之畢。聊不可有外見而已。

執筆榮厳〈生年三十一〉

第十一帖（第六本）奥書

榮厳なる僧によって書写された第六帖の書写終了時は、延慶二年（一三〇九）七月廿五日、書写者不明の第九帖の書写終了時がそれに先立つ延慶二年卯月（四月）十日であってみれば、おそらく延慶元年（一三〇八）時から書写が始められ、延慶三年（一三一〇）時に全体の書写が終了したとみられるこの本文の書写は、一人の写し手が全巻通して第一帖から書写したものではなく、複数の者の手に成る分担書写であったといえようか。この本文をはじめて詳細に検討、紹介され、この本文が平家物語の「古き面影を伝へたるもの」であることを、つとに断案された山田孝雄氏は、この本文の細部にわたる検討も踏まえ、一つの結びの言葉として次のような記述を遺している。

この本はかく古き面影を伝へたるものにして、現に見たる諸本のうちにて最も卓絶したるものと認むべきものながらこれらを以て平家最初の本とは目することを得ざるなり。これこの本が諸本を集成したる跟《こん》迹《せき》を今日に伝ふるによりてなり。則ちこの本以前に平家物語に多少の異本存したりし事は必ず推定せざるべからざるを以てなり。（山田孝雄『平家物語考』『〈国語史料鎌倉時代の部〉平家物語につきての研究　前篇』国定教科書共同販売所、明治四四。再版、勉誠社、昭和四三）

山田氏が披見された十七類三十種七十を超える平家物語諸本のうちでも、この本文《テキスト》を、「古き面影を伝へたるものにして」「最も卓絶したるもの」と、この本文《テキスト》の価値を認定した行文であり、あわせて、しかしながらこの「古き面影を伝へたるもの」も、平家物語の原本ではなく、さらに「この本以前に」、平家物語の先行する「多少の異本」が存在したであろうことを推定する氏の行文であった。遠く明治も末年のことである。

平家物語の「最初の本」＝原本が、いつ成立し、いかような内容のものであったかは、近代、ようやく百年を超えようとするこの物語の研究史が、いまだ解き得ぬ謎であり、山田氏の推定する延慶本成立以前に存在したかも知れない「多少の異本」も未だ解明の果たされない一つの課題といえよう。そして、延慶元～三年時、榮厳らが書写した折の、「書本」（書写の際に引き写すもととなる本）の行方も今は杳として知られない。

この「書本」が、根来、あるいは大伝法院方衆徒の高野離山以前の高野山において誕生したものか、この「書本」が誕生の場所を異にし、何らかの経路を経て、ある時、高野に伝来し、延慶元～三年時、何らかの事情によって、あらためて「根来寺石曳院之内禅定院」において分担書写されたものか、あるいは、延慶元～三年時、高野宗教圏外のある人、あるいはある場所から、この「書本」は一時借覧され、書写の功終えて、再び根来寺関係者から、高野宗教圏外の貸与者にそのまま返還されたものか、事の事情もさらに不明である。

延慶元～三年といえば、第九五代花園天皇の御代。高野宗教圏の歴史の上では、いわゆる大伝法院方の大湯屋建立をめぐっての大伝法院方と金剛峰寺の確執が、大伝法院方衆徒の高野離山、根来山への移住を結果した弘安八年（一二八五）～十年頃から数えて、廿三年～廿五年後の頃である。そして、大伝法院、根来移住後の学頭、一代の学匠頼瑜が寂した嘉元二年（一三〇四）からはほどなくのことであった。

この本文《テキスト》の書写の場となった「禅定院」はおそらく高野禅定院の名称を引き継ぐものであろうが、櫛田良洪氏『覚鑁の研究』（吉川弘文館、昭和五十）に基づけば、高野禅定院は、「式部卿敦貞親王の息で、後に東寺第三の長者となった」権大僧都寛意が、晩年、高野山に籠居し、師僧大御室性信が応徳二年（一〇八五）示寂して後、師僧の菩提を祈らんがために、「寛治五年（一〇九一）八月二十六日その供養を終わるや」、師僧の遺骨を納めた堂の傍らに草創したものという（同書、七八頁）。そして同じく櫛田氏『続真言密教成立過程の研究』（山喜房仏書林、昭和五四）の記述に従うならば、くだって頼瑜は、この高野禅定院に於いてしばしば学道のための書写、著述を行っている。今、同書からその二、三を抜く。

建長五年（一二五三）九月「倶舎頌疏初心抄」書写。

建長八年（一二五六）正月、「釈論開解鈔」第八書写。（「本記云　建長八年之比於㆓高野山禅定院㆒草㆑之。文永二年三月中旬比於㆓醍醐寺報恩院㆒依㆓僧正御房仰㆒聊再治了」）

康元二年（一二五七）二月、「六大無碍義抄」巻下書写。（「康元二年二月十八日於㆓高野山禅定院㆒申㆓請僧都御房御本㆒写㆑之、雖㆑為㆓他宗人製作㆒、真言宗義、誠有㆑味矣。愚僧殊干心々々、就中披㆓覧此書㆒不㆑知㆓作者㆒、残㆓不審㆒之処、夢中有㆑僧、告云、明恵上人之弟子造云々、弥感心々々矣。」）

求菩提沙門豪信（栃木注・頼瑜の前名）〈生年三十二〉

禅定院が、行学研鑽の場として学道にかかわる典籍の書写、著述の機能を持していたことは当然のこととして、高野禅定院の名称を引き継ぐ根来寺禅定院の「住坊」において、なにほどかの年月を通し、複数の「住坊」において「狂言綺語之誤」たる自覚を有しつつ、「修因感果之道理」を観ぜしめんがために、平家物語一異本の書写が熱心に行われていたことは、僧坊の有する文化的機能の開示の一端としても興味深い。禅定院僧坊の僧坊生活がどのような時間的秩序のもとに律せられていたかはさだかではないが、第十一帖の奥書が、延慶三年正月廿七日「子剋」にこの帖を書写し終えたことを記述しているのをみるならば、榮厳ら書写者の就寝前の一時《ひととき》が行学研鑽の時間とは直接的にはかかわらぬ自由な時間として持されていたのでもあったろうか。

いずれにせよ、こうして紀州那賀郡根来寺禅定院の一隅において書写された、後年、「延慶本」と呼ばれることとなる平家物語の一異本は、その転写された本文が、少なくとも応永廿六、七年（一四一九、二〇）まで紀州根来寺の内に蔵せられることになる。

応永廿六、七年、延慶本はあらためて転写の機会をもつこととなった。延慶転写の時より数え、およそ一世紀十年ほど、のちのことである。延慶本第四帖（第二中）、第五帖（第二末）、第六帖（第三本）、第七帖（第三末）、第十一帖（第六本）には、応永書写時の事項にかかわる次のような奥書がある。

応永廿七年〈庚子〉五月十三日　　多聞丸

写本事外往復之言文字之謬多之。雖然不及添削大概写之了

于時応永廿六年〈己亥〉三月廿日於大伝法院別院十輪院雖為悪筆泰依御誂令書写之畢

応永廿七年八月廿一日於妙楽院書写之

于時応永廿七年〈庚子〉正月廿日於根来寺　別院修学院之住坊令書写畢

第四帖（第二中）奥書

執筆有重（行識房）

多聞丸

第五帖（第二末）奥書

権律師融憲

第六帖（第三本）奥書

権少僧都有淳

第七帖（第三末）奥書

応永廿六〈屠維陬訾〉林鐘十七日書之

第十一帖（第六本）奥書

右の奥書の記載する所に従えば、書写終了時のもっともはやいものは、「有重（行識房）・多聞丸」の手に成る第五帖（第二末）で、応永廿六年三月廿日に、その帖の書写が完了している。次いで、同年六月（林鐘）十七日、書写者不明の第十一帖（第六本）が、年改まって応永廿七年、有淳の手に成る第七帖（第三末）が正月廿日に、次いで五月十三日には多聞丸の手に成る第四帖（第二中）が書写を完了、八月廿一日には、融憲の手に成る第六帖（第三本）が、もっとも遅れて書写の功を終えている。書写の場の知られるものとしては、「有重・多聞丸」の手に成る第五帖が大伝法院の別院十輪院において、第六帖を担当した融憲は妙楽院において、第七帖の有淳は修学院において、それぞれその書写を果たしてい、そのことはおのずから延慶本の応永書写に際して、根来寺のいくつかの別院・子院から多聞丸、有重、融憲、有淳ら少なくとも四名以上の複数の書写担当者が、いかなる経緯によってか、この本文《テキスト》の分担書写を委託され、その委託者のおそらく統括指示のもとに、複数の書写担当者による分担書写が行われたものとみられる。それでは、その書写が何故、行われたかということにかかわっては、第五帖（第二末）奥書の「泰依御誂」の文字が注目される。山田孝雄氏は、このやや意味不明の「泰」の文字を「忝」の誤写と判断されたのであろうか、『平家物語考』においては、「忝」と翻字されているが（同書一七八頁、但し、山田氏がこの書著述時、披見されたものは、後述する松井本、朽木本、榊原本の三本。翻字は松井本（現、静嘉堂文庫蔵）に基づく）、「泰依御誂」の語句を「忝も御誂に依り」の意に解するなら、延慶書写の本文を新たなる「書本」として行われた応永の書写作業は、根来寺に、稀少な平家物語の一異本が伝来することを知ったある貴人が、根来寺のしかるべき人物に、その書写を依頼、依頼を受けたその人物は、その下命、あるいは申し出を重んじて、同寺の書写作業適任者に分担書写のかたちをもって書写作業を開始させた一つの経緯が想定される。そうした想定が可能であるなら、書写の業成った応永書写の延慶本は、おそらく根来寺を巣立ちして、貴人の許に呈されたであろう。延慶時書写の本文の奥書に、繰り返し、「穴賢、不可有外見被覧之儀而已」（第六帖）、「穴賢々々不可有外見者而已」（第九帖）、「聊不可有外見而已」（第十一帖）の文字が付されていたことを惟《おもんみ》るならば、応永書写作業にあらわれた、この本文を外見に付す一つの決断は、延慶書写時以降の一世紀を超える時間が、そのことを可能にしたというべきであろうか、あるいは、依頼者の「貴人」性が思量されるといえようか。そして、応永書写延慶本を誕生せしめた「書本」としての延慶本は、その後もおそらく根来寺の内に秘蔵せられたであろうが、あるいは、天正十三年（一五八五）、かの名高い豊臣秀吉の根来攻めによって、その本文《テキスト》が灰燼に帰す運命を辿ったとするならば、応永書写延慶本の誕生こそ、この貴重な本文を今日に伝え得たかけがえのない文化遺産継承の営みでもあった。平家物語一本文の伝来にも、文化遺産継承の危ういドラマは秘められているといえようか。

さて、再び応永書写の奥書の孕む問題に戻るならば、一本文の複数の書写者による、ある部分部分の分担書写という書写形態は、一本文《テキスト》を通観して読まない点において、犬井善寿氏の用語を借りれば、「所拠本の本文をかなり自由に書き変えていく『改作』と呼んでよい操作による本文変化」（「『保元物語』伝本分類私考——康豊本系統と文保本系統の独立——」、伝承文学資料集第八輯『鎌倉本保元物語』解説、同書一三八頁、三弥井書店、昭和四九）、「著作性本文形成」は、まず伴わないものと考えられる。第四帖（第二中）奥書、「写本、事の外、往復の言、文字の謬多し。然りと雖も添削に及ばず、大概之を写し了んぬ」の文字は、正《まさ》しく応永書写の書写担当者たちの基本的スタンスであったと判ぜられる。応永転写の問題にかかわって、「延慶より応永までの百年の間隔には、一見平家物語流動の歴史が介入するはずだと思いやすい。しかしたとえ百年が二百年・三百年経ていようとも、保存された古本を以て直接に忠実な転写本を作る作業の中に、諸本流動史は入りこんでいるはずはない」（『延慶本平家物語論考』五三頁、加藤中道館、昭和五四）とする水原一氏の認識は妥当な見解と考える。

それでは、応永書写本の源となる延慶転写の本の「書本」の成立はいつか。この課題に答えるためには、具体的手続きとしては、延慶転写の本文が踏まえる典拠の確認とその典拠の成立年時、あるいは、延慶転写本文中に含まれる年時推定可能な事項の検出と、該当年時の確定という注釈的作業が要請されようが、研究史の現在において検出されている年時推定の問題事項の時間的下限を示すもの、延慶転写本文の側から云えば、延慶転写本文の成立時の上限を規定するものとしては、武久堅氏によって指摘された粉河寺大門の建造時期にかかわる問題、さらには、弘安年間（一二七八〜一二八八）成立の『日吉山王利生記』が延慶転写の本文の典拠となっているという問題、水原一氏によって指摘された「勢多の唐橋」の橋名にかかわる問題等が存するといえようか。

武久氏は、『甲子夜話』続編巻六十五・西国三十三箇所寺誌のうち、紀州粉河寺の条の記載などに基づき、粉河寺の大門が建立される永仁五年（一二九七）以降を、「断定は避けたいと思うが」という慎重な言い回しのもとに、維盛の粉河寺巡拝物語の成立時期と考え、現存延慶本の延慶二、三年書写直前に、いわば最終的な加筆の手が加わっていることを想定、現存延慶本の最終的な形の確定をその時期に推断している（「維盛粉河詣の成立——延慶本平家物語第三次加筆の徴証——」、『日本文芸研究』昭和五七・九、のち『平家物語成立過程考』第一編第一章に「維盛粉河詣の成立と『粉河寺縁起』」として再録）。氏はまた、延慶本の一つの典拠としての『日吉山王利生記』の成立年代、あるいは、『元亨釈書』『渓嵐拾葉集』にかかわる伝承問題などの考察をも含め、同じく延慶書写の直前、「永仁（一二九三）から正安嘉元（一三〇五）頃」までに現存延慶本のかたちの定立を思量するもののごとくである（「願立説話の展開」、『日本文芸研究』昭和五七・九、のち『平家物語成立過程考』第一編第三章に「願立説話の展開と『日吉山王利生記』」として再録）。そして、水原氏は、平重衡の東下りを叙す延慶本の記述のうち、

粟津ノ原ヲ後ニシ勢多ノ唐橋野路ノ末、時雨テ痛ク守山ノ（第五末・八「重衡関東へ下給事」）

の表現中の「勢多ノ唐橋」の語に注目。延慶本の重衡東下りは、宴曲「海道」によって作られてい、「勢多ノ唐橋」を含む行文の前後、延慶本と宴曲「海道」は、ほぼ同文でありながら、宴曲「海道」に「勢多の長橋」とある文字が、延慶本

において「勢多ノ唐橋」と書き換えられたことにかかわって『近江輿地志略』の記載に留目、「『近江輿地志略』によれば、この橋は後宇多帝の時忍性上人が築橋して唐様式を採り入れ、「唐橋」と呼ばれるようになったとされる」とし、延慶本の書き換えの操作が「後宇多帝在位の頃〈一二七四～一二八七〉より以後のことではないかと疑われるわけなのである」（『延慶本平家物語論考』二九頁）という言及を行っている。いずれも相当の根拠を有するが、粉河寺大門の問題に関しては、武久氏が維盛粉河寺参詣時には粉河寺には大門が無く、粉河寺の大門の創建は永仁五年の折と見るのに対して、近時、藤原頼通が永承三年（一〇四八）に高野山に参詣した折の紀行『永承三年高野御参詣記』に

其西、不レ経二幾程一、暫レ之止二御船一。〈自二岸辺一于二寺大門一十余町〉。更艤レ騮令レ（参脱カ）二粉河寺一給。

という記載があり、永承三年にはすでに粉河寺には大門は存在してい、永仁五年の大門建立は再建であったのであろうという指摘がなされている（谷口耕一「延慶本平家物語における湯浅権守宗重とその周辺」、『語文論叢』第26号、平成十・十二）。そして、「勢多ノ唐橋」の問題にかかわっては、『近江輿地志略』の説を疑い、「鴨河辛橋」（三代実録）、「置守韓橋丁二人」（三代格）、「御前の唐橋」（栄華物語・八巻）、「ゆゑゆゑしき唐橋」（紫式部日記）などの諸例を挙げ、「普通名詞としての『唐橋』は古くからあったものだし、承徳本『古謡集』の神楽歌の中に『せた乃加良者之』ということばもみえ、『長橋』が一般的であったにせよ『唐橋』の名も古くから使われたようである」（『平家物語研究事典』の内、「唐橋」の項、服部幸造氏執筆。明治書院、昭和五三・三）という見解の提示がなされている。おそらくそのような意見を踏まえてであろう、水原氏はこの「長橋」「唐橋」の問題にかかわって、

もっとも「長橋」「唐橋」の説に対しては最近「唐橋」の称は古くから存したという反論が示されている。しかしこうした材料単独で決定的証拠とする事はできぬとしても、明らかに宴曲「海道」が平家物語に直接入って来た証跡が延慶本に見え、宴曲の「長橋」がそこでは「唐橋」とはっきり言い換えられているという事実、勅撰集にはすべて

「長橋」であり、その他作品の傾向を見ても、古称「長橋」が後称「唐橋」となる大局的傾向は認め得る事、諸国の築橋に尽力した忍性が瀬田の橋を改築した可能性は大きく、そうした契機に橋の新しい呼び方が起こるのは充分考えられる事——などから、やはり参考的傍証の一つとしての資格を剥奪してはならないものだと思う。

（前掲『延慶本平家物語論考』六〇八頁）

という記述を付加している。

あらためていうまでもなく、「勢多の長橋」「勢多の唐橋」は、通例「勢多の橋」と呼ばれる橋の異称であり、「勢多の長橋」の呼称はこの橋の印象的な特徴としての橋の長さの雄勁さに留目してのものであろう。因みに後世のものながら享和元年（一八〇一）刊、大郷良則の『遊嚢賸記』なる書物（第十九巻）には

勢多橋　織田軍記ニ据レバ、天正三年掛ラレシハ、広四間、長百八十間ナリ。国初の諸記ニ据レバ、何レモ小橋三十六間、大橋九十六間、今ノ間数ト符号ス。昔ハ今ノ処ヨリ南ノ方ニカカリテ、一条ノ長橋ナリケリトイフ。中島十五間ヲカタドリテ、大小二条トナルコトハ、天正以後ト知ベシ。又、古来是ヲ唐橋ト称スルハ圓高欄ニ造ナシテ唐様ナルガ故ナリトゾ。此橋ハ志賀栗田両郡ノ界ナリ。

（国会図書館蔵本による）

という記述があり、橋の長さに転変はあるものの、「国初ノ諸記」においては大橋九十六間であったことを記す。大橋九十六間の記載が遡っていつの時代頃までを覆い得るかさだかではないが、いずれにせよ勢多の橋は、橋の長さに一つの特徴を持ち、その特徴を印象づける呼称として、「勢多の長橋」の語は生まれたといえよう。そして、それに対し、「勢多の唐橋」は、服部幸造氏の指摘するがごとく、古く『承徳本古謡集』所載神楽歌のうち、「気比の神楽」の一首、

馬に走り乗り　渡れど渡られぬ　瀬田の唐橋　をゆか　誰か行く

无末尓者之利乃利　和た礼止和太良礼ぬ　せた乃加良者之　乎由加　たれ加由久

（日本古典文学大系『古代歌謡集』）

に、遠い語例をもつごとくであるが、この呼称が橋の作り方の様式、即ち唐（韓）風の様式の作り方に基づく呼称であることも明らかといえよう。

いまかりに加納重文氏の労作『日本古代文学地名索引』に基づいて、「瀬多の橋（長橋・唐橋）」の語を検索するならば、『蜻蛉日記』以下二四種の文献とおよそ五十になんなんとする用語例を検出し得るが、おおよそのうちの七十五％ほどが、通例の呼称「瀬多の橋」の語例である。

①瀬多の橋の本、ゆきかかるほどにぞ、ほのぼのあけゆく。（日本古典文学大系『かげろふの日記』・中）

②その夜、瀬多の橋のもとに、この宮をすへたまつりて、瀬多の橋を一間《ひとま》ばかりこぼちて（日本古典文学大系『更級日記』竹芝寺）

③今ハ昔、東ノ方ヨリ上ケル人、勢多ノ橋ヲ渡テ来ケル程ニ（日本古典文学大系『今昔物語集』巻廿七・第十四話）

④物のふども召しつどへ、宇治・勢多の橋もひかせて（日本古典文学大系『増鏡』巻二）

⑤佐々木判官時信、勢多ノ橋ヲ警固シテ候ヲ（日本古典文学大系『太平記一』巻九）

任意に引いた通例の見馴れた「瀬多の橋」の語例であるが、この瀬多の橋が、ほかならぬ「勢多の長橋」であることは、次のごとき用例によってたしかめられよう。

①　大嘗会の歌

せたのはし

貢物たえずそなふる東路のせたの長橋音もとどろに（兼盛集）

②　勢多橋　白雪積敷人馬過所

東路や日次の貢絶えじとて雪ふみ分くる勢多の長橋（長秋詠藻）

③　瀬田の橋をすぐるとて　　権中納言具行

今日のみと思ふ我身の夢の世に渡るもつらし瀬田の長橋

（新葉和歌集）

右三例、詞書から知られるように、「勢多の橋」にかかわる詠作であるが、和歌に詠まれた用語において、「勢多の橋」が「勢多の長橋」に変形していることが知られよう。

①の兼盛集における平兼盛のうたは、ほかに『風雅和歌集』『万代和歌集』『夫木和歌抄』にもこれを載せるが、『風雅和歌集』『万代和歌集』のこの歌の詞書は、それぞれ次のごとくである。

〔風雅和歌集〕

天禄元年大嘗会悠紀方屏風の歌、近江国勢多橋をよめる

〔万代和歌集〕

安和元年大嘗会悠紀方近江国御屏風歌

天禄元年は九七〇年、安和元年は九六八年、天禄元年の大嘗会ならば、第六四代円融天皇即位にかかわり、安和元年の大嘗会ならば、第六三代冷泉天皇の即位にかかわることになる。いずれにせよ兼盛の歌は、天子一代の大嘗会の盛儀に備え、絶ゆることなく東路からの貢物が、延々と眺望見晴かす勢多の橋を引き続く光景を、多くの駒の橋桁をとどろかす響きと合せ、屏風絵に照らして詠作されたものであろう。ここでは、勢多の橋を渡る延々たる貢物の長い連なりを、橋に事よせて表出するために、橋を長さのモチーフにおいてうたいあげる「勢多の長橋」の語が用意されたといえようか。こうして誕生した兼盛の歌は、後人達に強い印象を与えたものか、この歌は、のちのいくつかの歌集に収められるとともに「勢多の長橋」を歌枕として定着せしめたごとくである。②の『長秋詠藻』の所載歌、藤原俊成の白雪積み敷く勢多の橋を雪と寒さを凌ぎながら貢物の渡る光景を詠出した歌は、冬の雪の日、貢物を運搬する勢多の橋を渡る人馬にとって、こ

とさらにこの橋の長さが意識されるであろう点において、「長橋」の語意を一層有効に機能せしめた兼盛歌の影響下に成る詠作であろう。

そして、③の『新葉和歌集』所載歌、権中納言具行の歌。『太平記』巻第四「笠置囚人死罪流刑事付藤房卿事」の章段にも記載される事で知られるこの源中納言具行の歌（但し、『太平記』では、「ケフノミト思我身ノ夢ノ世ヲ渡ル物カハセタノ長橋」のごとく第四句が異なる）は、具行が、今は再び渡ることもなき我が命の終わりを覚悟しての詠作歌。橋を渡れば、いずれ程なく死が待つであろう身にとって、重い足取りのもと、屠所に向かう羊の歩みを歩む具行に「勢多の長橋」は、はたして常よりも長く感じられたのであろうか、あるいは短く感じられたのであろうか。「勢多の長橋」の用語は、この折の具行の心意と交響し、微妙な陰影を産み出す効果を持つ。

具行の死は、『公卿補任』に基づくなら、正慶元年（一三三二）六月十九日、近江国柏原での斬首であった。正慶元年は、『近江輿地志略』の伝える忍性上人による唐様式を採り入れての勢多の橋改築の時期という、「後宇多帝在位の頃（一二七四～一二八七）」を降ること四、五十年余。そのことは、「長橋」「唐橋」の語が、時間差に基づく「古称」「後称」の呼称ではないことを教える。「せたのはし」は、「後宇多帝在位の頃」より後も、勢多の橋であり続け、歌枕として、詠歌に際しては、「勢多の長橋」の用語もまた詠まれ続けたであろう。たとえば、『玉葉和歌集』秋歌下に収める一首

題しらず　　左近大将実泰

さきだちてわたる人だにみえぬまで夕霧深しせたのながはし

あるいは、また『室町殿伊勢御参宮記』のうちの次のような文辞と歌。

応永廿一の年極月の十日あまりよっと申に、室町殿〈足利義量〉伊勢御参宮あり。……勢田の橋はほどなく雲はれて、さだかにみえわたさるるほどなり。

風わたる跡よりやがて雲はれて浪に横ぎる瀬田の長橋

（『続群書類従』第一八輯下）

あるいは、また権大僧都堯孝の『伊勢紀行』のうち、次のような一節、

永享五の年弥生中の七日、大神宮御参詣の事侍り。……勢田のはし渡り侍るとて、

あふみ路や勢田の長橋日もながしいそがでわたれ春の旅人

（『群書類従』第一八輯紀行部）

これらはみなそうした文証のいくばくかといえよう。

後宇多帝の御代、忍性上人によって勢多の橋が唐様式を採り入れて改築され、「勢多の唐橋」と呼ばれるようになったとされる『近江輿地志略』の所載する伝承のもう一つの危惧される点は、「後宇多帝在位の頃」、忍性は、建長四年（一二五二）の関東下向以後、なお鎌倉にあったとされる忍性伝の伝える事歴との関わりである。忍性没後七年、延慶三年（一三一〇）十月、極楽寺僧澄名によってまとめられたという『性公大徳譜』、一名『忍性菩薩行状略頌』及び忍性の入滅について伝える『良観上人（忍性）舎利瓶記』を基幹とし、これに忍性の師叡尊の『感身学正記』あるいは『元亨釈書』『関東往還記』などをもって記述されたという和島芳男氏の忍性伝、人物叢書『叡尊忍性』（吉川弘文館、昭和三四）のうち、「第二極楽寺忍性」の中に、次のような一節がある。

……『性公大徳譜』以下の諸伝によれば、忍性は多田院修造中の正応元年（一二八八）八月思い出の西大寺に入り、恩師に謁した。建長四年（一二五二）関東下向以来実に三十六年ぶりであり、弘長二年（一二六二）師の鎌倉入りを迎えてからでも二十六年後に当り、叡尊は八十八才、忍性は七十二才であった。

和島氏の記述に従うなら、忍性が建長四年（一二五二）関東へ下向して後、三十六年ぶりに西大寺に入ったという正応元

年（一二八八）は、第九一代後宇多天皇の跡を襲った第九二代伏見天皇の御代。後宇多帝退位の弘安十年（一二八七）においては、忍性はなお鎌倉の地にあったことになる。

鎌倉極楽寺長老忍性が、鎌倉の地に住したまま、建治元年（一二七五）十月、摂津多田院の別当に任じられ、爾後、忍性がこの多田院の修造のために相当な力を尽くしたことは、多くの証跡を遺しているが、律令制下、宇治、山崎の橋とともに、わが国の三大橋とされ、橋吏（はしもり）の置かれた勢多の橋の修造に、忍性が、「後宇多帝在位の頃」、力を尽くしたという証跡を『近江輿地志略』の記載する伝承以外に見いだすことはむつかしい。かわって、まさしく「後宇多帝在位の頃」、忍性の師叡尊が、弘安七年（一二八四）二月二十七日、宇治橋修造を命ずる官符を受け、翌々九年（一二八六）十一月十九日、功成って、宇治橋の再造を果たし、後深草、亀山両上皇の臨幸のもと、宇治橋供養を行ったことは、『実躬卿記』、『勘仲記』、『続史愚抄』、『一代要記』等の諸記録がその事を記しとどめる。寛政期、柳原紀光の随筆『閑窓自語』上「宇治橋再造事」には、この橋のその後にかかわって、次のような一文が記されている。

寛政五年五月、宇治ばし武家の沙汰として、もとの所につくりわたしぬ。供養の沙汰に及ばず。後宇多院の御宇、弘安九年、西大寺の思円上人〈興正菩薩〉（栃木注　叡尊のこと）再造のはし、去宝暦六年九月、洪水に落ける。

（日本随筆大成・第二期・第四巻）

『近江輿地志略』にいう後宇多帝在位の頃の忍性上人の勢多の橋改築とは、あるいは、叡尊のこの宇治橋再興のできごとと何らかの混同でもあったのであろうか。実相はなお暗い霧の中にあるといえようか。

さて、それでは、問題の宴曲「海道」の文中における「勢多の長橋」の表現が、延慶本『平家物語』において、宴曲「海道」の表現を踏まえながら「勢多の唐橋」という表現に移行した問題をどのように考えるべきか。まずは、宴曲「海道」の一節の確認。

逢坂越て打出《うちいで》の　浜より遠《をち》を見渡せば　しほならぬ海に倒《そばだて》る
石山詣のむかしまで　其面影の心地して　山田にかかる湖《にほ》の渡《わたり》
矢橋《やばせ》をいそぐ渡守　長良の山を外《よそ》に見て　淡津の原を後《うしろ》にし
勢多の長橋野路の末も　時雨ていたく守山《もるやま》の　しのに露ちる篠原の
ささ分《わく》る袖もしほれつつ　日も夕暮にや成ぬらん
曇《くもる》も霞む鏡山　いざ立寄て見てだにゆかん
（外村久江・外村南都子校注『早歌全詞集』「宴曲集巻第四」）

一読して明らかなように、引歌、歌枕を連ねて、地名を綴り、旅の行程をあらわした修辞的な文章、日常語の扱い方とは異なる、いわば非日常的言語秩序によって構成される韻律性豊かな道行文である。外村南都子氏が、《逢坂山を越えて、琵琶湖の打出の浜に出、「浜より遠を見渡せば」とあって、打出の浜からの眺望にしたがって、南方の石山寺から東方琵琶湖対岸の山田や矢橋、西方の長良の山を挙げ、歩み出して、粟津の原をぬけ、瀬田の長橋を渡って、野路を通り、守山から篠原へと五キロから六キロに一回の割合で地名があげられて行く》（「早歌における道行の研究——地名列挙の意味するもの——」、秋山虔編『中世文学の研究』三三二～三頁、東京大学出版会、昭和四七、のち同氏『早歌の創造と展開』に再録、明治書院、昭和六二）と記述された場面である。背景として重ねられる季節は、このあたり時雨の時節から初冬の候といえようか。この一文に引き続く「年経ぬる身はこの老ぬるか」の句には、歩を運ぶ旅人が老いた身であることも示唆されているといえようか。堀川院題百首歌のうち、大江匡房の一首に、

まきの板も苔むすばかり成りにけり幾世か経ぬる勢田の長橋

の詠作があるが、院政期堀河朝には、勢多の長橋は、まきの板にも苔むす景情であった。
時雨の降る時節、老いた旅人が渡った宴曲「海道」の勢多の長橋がどのような景情を呈していたかさだかではないが、

延慶本『平家物語』重衡海道下りを叙する道行文が、異国の橋の様式に留目してその特徴をとらえる「勢多の唐橋」の用語を導入することは、橋の風情になにほどかの明るさと華やぎを産み、その修辞性のいかほどかの増強には役立つといえようか。

それにしても、この「勢多の唐橋」の語の導入を、平家物語諸本体系のどの時点での導入と考えるべきか。原平家物語にこの語の導入は既になされていたのか、あるいは、原平家物語と延慶本平家物語との間にその存在が想定されるかも知れない「多少の異本」の段階において、この語の導入はすでになされ、延慶本はこれを継承したものにすぎないか、あるいは、延慶本こそこの語を最初に導入した本文《テキスト》であるのか、それすらも不透明といえよう。もしも延慶本が、この語を最初に導入した本文であるとするなら、延慶本に三箇所存在する「勢多の唐橋」の語のうち、最初の導入部は、第二本「師長尾張国へ被流給事付師長熱田ニ参給事」のうち、師長の「罪ナクシテ配所ノ月ヲ見」る思いとともに、尾張国へ赴く折の、次のごとき道行き文のうちであろう。

アケボノノ空ニナリ行ケバ、セタノ唐橋渡ル程ニ、水海《みづうみ》遙ニ顕レテ、彼満誓沙弥《かのまんぜいしやみ》ガヒラノ山ニ居テ、「漕行船《こぎゆくふね》」ト詠《なが》メケム、アトノ白波哀レナリ。野路ノ宿ニモカカリヌレバ、カレ野ノ草ニ置《おけ》ル露、日影ニ解《とけ》テ、旅衣カハクマモナクシホレツツ、篠原東西ヘ見渡セバ、遙ニ長キ堤ミアリ。

宴曲「海道」の文章を踏まえての記述とされる延慶本重衡海道下りの道行文に対して、師長の尾張下向を綴る右の一文は、『東関紀行』との近似が指摘される部分である。『東関紀行』の関連文章は次のごとくである。

明ぼのの空になりて、瀬田の長橋打渡るほどに、湖はるかにあらはれて、彼満誓沙弥《まんぜいしやみ》が比叡山にてこの海をのぞみつつよめりけん歌思ひ出られて、漕行《こぎゆく》舟のあとの白波、まことにはかなくて心ぼそし。

世の中を漕行舟によそへつゝながめしあとを又ぞながむる

このほどをも行すぎて、野路といふ所にいたりぬ。草の原露しげくして、旅衣いつしか袖のしづくと心ぼそし。

東路《あづまぢ》の野路の朝露けふやさはたもとにかゝるはじめ成《なる》らむ

（新日本古典文学大系『中世日記紀行集』「東関紀行」）

篠原といふところを見れば、東へ遙かに長き堤あり。

海道を行く旅の行程を地名を連ねつつ、土地土地の様相を描出しながら、「漢文訓読体に近い和漢混淆文で綴った紀行文」（新日本古典文学大系『中世日記紀行集』「海道記」解説）に、夙に『海道記』があるが、『海道記』においては地名列挙に際して、「勢多ノ橋ヲ東ニ渡レバ」と記されていた「勢多の橋」は、『東関紀行』において、すでに「瀬田の長橋」に換えられ、歌枕としての「勢多の長橋」の導入が果たされていることが知られる。海道を行く旅の行程を地名を点綴しつつ、引歌、歌枕、歌そのものを織り込んで、華麗な修辞的文辞を造成していく表現の手法は、『東関紀行』において、一層の進展を見せている様がうかがえるが、こうした『東関紀行』、そして宴曲「海道」において、和歌表現と地続きの歌枕として導入されていた「勢多の長橋」の用語を、さらに表現の変化を求めて、いくばくかの美的情趣を高めるべく導入された新たな用語が「勢多の唐橋」の表現であったろうか。

この語の導入の契機に関して、『近江輿地志略』に基づく勢多の橋改築を機縁とする導入という解釈に、もし存疑を立てるとするならば、この語の導入を着想した契機、源をどこに求めるべきか。そうした問いを立てる時、いくばくかの注意を惹くものは、源光行の『蒙求和歌』第六「相如題柱」の末尾に付載される次の歌である。

嬉シクモ道アルミヨニアフミ哉セタノカラ橋フミモ違ヘズ

このたびは春の日かげにあふみぢやせたのから橋ふみも違へず

（『続群書類従』第一五輯上巻第四百五）

『蒙求和歌』は、「延慶本『平家物語』に引用がある」（『日本古典文学大辞典』「蒙求和歌」の項、小島孝之氏執筆）ことが指摘されているが、『蒙求和歌』をその知見のうちに加えていたはずの延慶本の作者が、和歌表現の世界において歌枕として重用されていた「勢多の長橋」の用語に換えて、表現の変化を求め、中国故事との関連においてであろうか、橋の様式に光を当て勢多の橋を唐橋と表現した『蒙求和歌』中の該当和歌に留目した時、異国情趣の導入による道行文の修辞性の新たな改装が図られたという着想の一つの契機が考えられるということはないであろうか。

現存延慶本『平家物語』の最終成立時期にかかわる先学の問題事項の提出に導かれながら些少の検証と考察を試みてきたが、霧に閉ざされがちな軍記物語基礎事項の検討は、武久、水原両氏の試みられたがごとき表現の小さな部分に関する留目と外部文献の考察への援用は不可避の作業として今後もさらに積み重ねられる要があろう。『日吉山王利生記』との関連をはじめ、「後宇多天皇在位の頃」の忍性上人による勢多の橋改築の伝承もなおいくばくかの可能性を残すとするなら、後宇多朝以降、延慶書写直前までの時期は、なお注目を要する要検討対象時期となろうか。後宇多朝以降、延慶書写直前の時期をめぐる時代状況とこの本文《テキスト》との関連、就中牧野和夫氏によってすすめられている頼瑜の足跡を一つの基軸とする高野、南都、仁和寺、醍醐にわたる思想的、文化的ネットワークの解明の作業（「深賢所持八帖本と延慶本『平家物語』をめぐる共通環境の一端について」、水原一編『延慶本平家物語考証一』所収、新典社、平成四）、またこの時期のこの本文の典拠問題、さらには成立時推定にかかわる問題事項の検出と検証の作業は、今後さらに積み重ねを必要とする問題作業の一端であろう。新たな研究史の展開に期待したい。

さて、応永書写延慶本は、その後、少なくとも二度の新たな転写の機会を持った。「平家物語　十二　文政十三年庚寅八月寫成」の文字を転写本第十二冊の題簽にもつことによって文政十三年（一八三〇）の書写であることが知られる松井本（松井簡治博士旧蔵、現静嘉堂文庫蔵）。この本の第一冊題簽には

平家物語　　応永二十六年寫

延慶三年古本

角倉家蔵

の文字もあって、応永書写延慶本がその後角倉家の所蔵に帰していたことなどを教える。もう一度は、現国立公文書館内閣文庫蔵、通称朽木本の誕生。この本の伝来に関しては、この本を「書本」として天保三年七月、大膳亮平道樹によって書写された榊原本（あるいは、大膳亮本、現国会図書館蔵）の「はし書」が詳しい。その文章を引く。

此物語作者不知世に嵯峨本とも角倉本とも云り元は花園院の延慶三年紀州那加郡根来寺の禅定院の本なりそお後小松院の応永廿六年に権僧都有淳寫取て角倉の蔵を後人何人歟朽木山楽翁ニ求出シ而うつさしむ然るを山楽翁よりかり得て天保三年七月寫之畢なれとも元本世に稀なる故に虫喰落字書損誤字改る事あたはざる故に本のまゝ也

大膳亮平道樹

こうして狭隘な隘路を経、近代に届けられたこの本文《テキスト》は、昭和十年、江戸期転写本の源、久原文庫旧蔵本（現大東急記念文庫蔵本、本テキストの底本）を底本としてはじめて近代活字に移植され、改造社から刊行された。吉沢義則氏校注。解題は『文学』昭和九年二月号所載、冨倉二郎「延慶本平家物語考」の加筆、再録であった。昭和三十六年、白帝社から、昭和五十三年、勉誠社から復刻。白帝社版の後記によれば、吉沢義則氏の出版への尽力のもと、改造社版の翻刻、句読点、頭注も解題担当者冨倉二郎氏（冨倉徳次郎氏に同じ）の手になるものであったという。同書は、句読点と若干の頭注を付した以外、原本をそのままに翻印したものとはいえ、久しく拠るべきこの本文の活字本を持たなかった平家物語の研究史において、この本文の考察の進展にこの書の果たした役割は大きかったというべきであろう。昭和三十九年、汲古書院から刊行されたこの本文の影印版の刊行は、この本文に関する学界の関心の高まるなか、吉沢本の誤刻、脱漏を修訂する上でも、また便宜に本文の詳細を確認する上でも、この本文の考察に寄与する貴重なタイムリーな刊行であった。同書院は、覆印技術の高度化した昭和五十七年、より精度の高い影印版を刊行、戦国期乱世の戦火をくぐり抜けたこの孤本の後代への中継の一里程標を築いている。

平成二年、国語学者北原保雄、小川栄一両氏は山田孝雄氏の学業を引き継ぐ目的のもとに、拠るべきこの本文の新たな構築を目指し、はじめての本格的な本文校訂の業を果たした。『延慶本平家物語　本文篇　上下』（勉誠社）がそれである。読解に多くの障壁を有するこの本文の校訂作業はさまざまな困難を背負うが、語彙索引の刊行をも合わせ達成した北原・小川両氏の労は、今後もたゆみなく続けられるであろうこの障壁多い本文整備の重要な基盤を据えた。本テキスト版の作成に際しても多くの学恩を蒙ったことを感謝したい。

本テキスト版は、凡例にも記すように入手しやすい、そして大学の講義・演習の場などでも使いやすい利便を考慮し、さらには、一般市民の方々にも読まれやすいかたちをもって刊行することを目指しているが、折々の大学の演習の場で、この本文《テキスト》の詳密な検討が果たされ、あるいは、さまざまな異分野の方々の知見がこの本文《テキスト》の通読を通して、この本文の考察に寄せられるならば、校訂者のこれに過ぐる悦びはない。この本文の精細な注釈も期して待たれる作業であるが、そうした作業の小さな先駈けとし、なお今後の修訂の努力を期しながら、まずは第一巻の刊行の蕪辞としたい。

校訂延慶本平家物語㈠
平成十二年三月三十一日発行
編者　栃木孝惟
　　　谷口耕一
発行者　石坂叡志
整版　株式会社中台整版
印刷　モリモト印刷株式会社
発行　汲古書院
〒102-0072 東京都千代田区飯田橋二―五―四
電話　〇三(三二六五)九七六四
FAX　〇三(三二二二)一八四五
第一回配本　©二〇〇〇
ISBN4-7629-3501-8 C3393